空镜子

王学芯

著

四川文艺出版社

图书在版编目（CIP）数据

空镜子 / 王学芯著. -- 成都：四川文艺出版社，
2018.7
ISBN 978-7-5411-5093-7

Ⅰ.①空… Ⅱ.①王… Ⅲ.①诗集－中国－当代
Ⅳ.①I227

中国版本图书馆CIP数据核字(2018)第108893号

KONGJINGZI

空镜子

王学芯 著

策　　划　周　轶
责任编辑　程　川　周　轶
封面设计　叶　茂
内文设计　史小燕
责任校对　段　敏
责任印制　周　奇

出版发行　四川文艺出版社（成都市槐树街2号）
网　　址　www.scwys.com
电　　话　028-86259287（发行部）　028-86259303（编辑部）
传　　真　028-86259306

邮购地址　成都市槐树街2号四川文艺出版社邮购部　610031
排　　版　四川最近文化传播有限公司
印　　刷　成都东江印务有限公司
成品尺寸　142mm×210mm　1/32
印　　张　7.5　　　　　　　　　　　字　　数　150千
版　　次　2018年7月第一版　　　印　　次　2018年7月第一次印刷
书　　号　ISBN 978-7-5411-5093-7
定　　价　42.00元

当空镜子变成一只失忆的眼睛

我像荒草飘离　太多的白昼或光阴

僵滞而寂寥

黑白交缠的精神情境

—— 评说王学芯的新诗集《空镜子》

杨斌华

近年来国内诗坛虽然异常喧闹，旌旗飞舞，气象繁复，引得了各方的竞相关切，但是，我一直以为，因此催生出的海量的新诗创作在诗艺层面上的探寻却颇为艰难，分歧与纷争持续不断。真正推进当下诗歌整体实力提升与拓展的创造性因素和能力，事实上倒是在逐步消减和下降。新时代语境开放包容的气度无疑为各路诗人呈现了一个极具生长性的亮相空间，又可能于其间蕴含着富有变异与创新意味的诗学意识。在这样的意义上，王学芯的新诗集《空镜子》或许会成为一种斑斓别致并且值得精心勘察的文学镜像。

学芯果然是一位才情澎湃、具有多重精神面影的高产诗人。短暂数年间，继《飞尘》《可以失去的虚光》《尘缘》之后，眼前的这部新著又独具标格，运思诡谲，将日常生活中积淀的感觉和意绪，给予深切的内心审视与不竭的探询追问，俨然成就了一个自足的精神世界。

让我们把目光投向这面照射着自我与他者的诗意翩跹的"空镜子"，就此展开一番简略的评说。

在与诗集同名的《空镜子》这首诗里，王学芯这样写道："当空镜子变成一只失忆的眼睛 / 我像荒草飘离　太多的白昼或光阴 / 僵滞而寂寥"。也许，这就是诗人目下自觉自主的生命状态及其自我省察的某种辨识性的告白。"空镜子"成为他苦心探索中年理智写作的特定物象和符识，并且，在有意无意中袒露了诗人作为一个顽强执拗而内心不宁的生命抗争者、诗路跋涉者的心灵秘密，凭借着"一根睫毛　一道目光　一个灵魂 / 晃动的一颗小点 / 追随着现实的全部眩晕"（《一颗雨点》）。

题名为"黑色幻想"的第一辑，系新诗集整体结构中最为主要的篇章，集力呈现出诗人对于当下生活状态的独特思索与感悟。他自称："我达到了自己的最高境界 / ——寂静深处的自我救赎"（《同黑夜在一起》）。已有论者指出，连同"湖"和"海"一起，"夜"是学芯诗歌的重要"物的集合"，成为超越了生命时间和地理空间的一种自由意志的客观对应物。这辑里的许多诗作，的确如同《一种状态》所展示的："我在家的门里出没 / 在钥匙孔里形成变老的身体 / 安静地跟时间相处"，"搅扰凝止的光和时间 / 那时　我的心脏 / 总有一种浅浅的疼痛"，似乎在喻示着某种现实境况中个体存在的物化状态，以及在变幻时光里孤寂焦灼、挣扎游走的情感隐伤。

与此同时，在学芯近作中，鲜明可辨的是，光与黑如影随行，交替出现。有时在明处，譬如《一种状态》中，"说出眼睛里的光和发黑的瞥见"；有时在暗处，譬如《在夜的面前》，"路灯归入黑黑的眼睛"。我们仿佛依然可以在变幻的诗行中，不断瞥见之前被诗评家命名的学芯诗中"向光而在"的个体诗学沉潜往复、暗香浮动的魅影。

　　而令人瞩目的是，本诗集中"黑"字出现了近百次，第一辑"黑色幻想"更是直接以黑色命名。作者运用多种艺术手法来形容黑色，具象化之后的"黑"变得富有质感、密度与重量，恰好赋予它传达个体感知的无限的丰富性和可能性。它既可以是动态的，譬如《一种状态》中"发黑的瞥见"，《黑胡子白胡子》中"黑色溜走"；也可以是拟物的，如《风吹过夜的废墟》中"黑色如同脚下的砾石和站立的青草"，《同黑夜在一起》中"夜是另一种椭圆形的黑茧"；它可以形容夜晚，也可以形容泪水、胡子和人的脸，甚至可以形容呼吸、灵魂和幻觉。值得陈述的是，像诗句中出现的"翅膀上沾满黑色的污渍"、"那些黑斑一样的窗　如同结痂"、"翼膜上的小黑点如同霉斑"、"锲入的钉子拔了起来黑蛆一样／散落一地"、"长出的变黑肿块"，这样一些表述与修饰给人带来的是毫不愉悦的情感体验，甚至有些污浊之感，也许正是诗人今后应该加以避免和匡纠的书写缺失。但是，在林林总总的文字表象背后，或许正呈现出诗人的心理状态与生活形态的相互交织，它已并非简单的对于客观物象的肤浅描摹，而是在为自我精神与灵魂的呈现找寻一种适配的元素和形式。不难发现，诗人的黑色想象大致上可以辨别出具有正向性和负面性两个向度互相背反的情感内涵。而时光匆促中，自然与人文的变化兴替，与现代人偏于敏感的理性思考的复合，更导致了这样一种寂寥、不安、焦虑、无奈心态的发生。

我只是愿意指出，"黑色"意象在这部诗集中反复出现，并与相对显得微弱的"白色"意象相互错杂交缠，已经使之成为诗人的一种令人咀味、引发联觉的情感与精神底色。不妨援引一个包含"白色"意象的诗例，如《发黑的脸》：

> 而黑色和微白色
> 这两种经常出现或隐没的颜色
> 变换之处
> 那些过往的记忆
> 如同灵魂里的一线缝隙

诗行文字中，色彩与声音的配置无疑是学芯精心谋虑的一种"有意味的形式"的呈现。写作者在特定文本中对于某一类对比颜色的偏执与笃定，既受到历史文化与文学传统的影响和浸润，也与诗者的独特个性、禀赋以及审美取向紧密关联。色彩的象征意义首先源自于自然与人文的情感符码，以唤起诗者的情志意趣，进而投射到诗歌的字里行间。正如黑格尔在《美学》中所说："颜色感应该是艺术家所特有的一种品质，是他们所特有的掌握色调和就色调构思的一种能力，所以是再现想象力和创造力的一个基本因素。"因而从色彩感受、色彩运用的角度来细加探析学芯的新诗集《空镜子》，肯定不失为一个有意思的比照研判的路径。

　　一般而言，在诗人的书写中，色彩与意味的互相联结，容易激发人们对于生活现实的联想与比照，持久不懈的体验与咀味，更可能积淀形成一种特定的心理机制。尤其在当代诗者的笔下，色彩所包孕的心理与人文意蕴的派定，更是投注了纷繁错杂的心理感受和情志因素，从而具有浓烈的象征意义。在王学芯近期的诗作里，对于色彩的取譬引类及其意蕴联结的情形亦复如是，业已构成某种诗思情志相互应合与承接的关系。特别是他有意凸显的黑色与白色元素的交错运用引人关注。在学芯的诗行笔端，黑色是与白色对立相斥的颜色，它是放逐抒情和明快的，与年华的流逝及坚实的生命感悟互为印证，显现出静肃、冷漠、沉重的意味，同时也超越了两极化的情感模式，既认同其本色内涵，又默许某种虚无、惊悸、苦涩的复杂意绪，给人清醒、超离甚至严酷的自我审视感。所有这一切或许就是王学芯的近作提供给我们的一种带有消解性的黑白错杂的精神情境及其心理意蕴，并且顽强地标示出诗人的一种不竭地自我省思的批判性情感。

　　　我描述过去　透彻地

　　　观察现在　在存在的形式中

　　　寻找未来的比喻

　　　……

过去已经蒸发

现实的水面上只有寒冷的波纹

未来是紧绷的一道目光

——《三种时态》

　　这是一首将看似虚无的不可把捉的过去、现在、未来三个时态具象化、比拟化的诗作，颇具明晰的形式感和确定性的诗学理念，同时也表征着学芯诗歌某些惯常的标志性句式。

　　第二辑"感应磁场"则是在若隐若现的诗思转合中，将黑白诗学延续导引进入一个巨大的精神旋涡与磁场。他在其间回眸四时，思虑日常，感应着生活的脉动，凝聚着丰沛的想象，用"我聪明的双手／拨弄出了词语的意义"（《私人空间》），进而竭力丰富和拓展个体人生精神游历所特有的理解与体悟。这样一个灵魂的磁场，就像"诗如同天空掉落的一个湖泊"，看似碧蓝无垠，清冷无云，实则静谧幽邃，蕴藉无穷，足以洞鉴诗人内在自由的精神境界以及对于传统与个人才能的融合能力。

　　王学芯有首诗这样写道："日子在玻璃上移动／它反射光芒　使过去的时光／泛起记忆和微笑／／我习惯把自己的灵魂／挂在脊柱上行走"（《一个有经验的人》），它也许可以说是学芯常态诗艺方式的非典型文本。让人熟稔的是，作者的感知与传达方式经常流动呈现为拟人化、拟物化两种形态，将抽象事物给予具象化的表现，以构成他独有的一种情感观照模式。而富有意味的是，在简明丰饶的语态背后，潜藏着作者内心发出的"低沉的喊叫　如同／愧悔的灵魂"，蕴含着诗人对于人生、社会、自我的冷峻审视和深刻剖解。因为"每一类鸟闪出一束自我的弧光 / 从头顶　不留痕迹地消失 / 我这样看着天空 / 我又看见了自己"（《空间现象》），诗风简约明净，哲思醇厚，由此而言，学芯的诗无疑带有一种直抵生命内里的凝视和冷观，即使是如同"岁月猝然风化"般透彻肺腑的内在经验与情致，在他的笔端轻触下，也好似云淡风轻，一如"寂静的呼吸 / 膨胀得悄无声息"（《一个小黑点》），而所有——

　　这些曾经震动心脏的东西

　　锈迹斑斑　再也无法说清时间

　　和记忆的隐痕

　　而疙疤和伤口

　　渊深的疼痛已被我自己蔑视

　　肺叶里郁结了一片淤泥

　　　　　　　　　　　——《在所有的深处》

　　这应该就是学芯诗歌写作旅程中所倾力呈现的情感内核及核心语态。他用语言的智慧对抗时世的嬗替和命运的流转，以生命搏争的内在感知凸现一种峻切的刻意疏离喧嚣尘世的矛盾不安、踯躅不宁的文化姿态。

　　第二辑"感应磁场"中，"寂静"又悦目地成为一个显要的关键词。诗人的敏感不羁在于他时刻辨析着周遭世界的变徙，审视着自身瞬息万变的心绪。譬如《寂静的厚度》："把脚步里的寂静 / 测出了三分厚度"；《回眸一望》中"寂静"神奇般拥有了色彩，"蒙着白纸一样的沉寂"；《黑夜》中的寂静具有了温度，"给一片冷寂的旷野 / 虚假的晴空"；《暮色突然降临》中"寂静"荡漾出了声音，"我在门庭外的一棵树下 / 听到寂静流淌的声音"；《一潭深涧》里寂静幻化成了细语，"使寂静 / 变成了一种涟漪的细语"；《废墟里的夜晚》中，"寂静像旋涡一样扑了过来"，等等。这些奇谲多姿的寂静，是学芯感悟岁月光华、体察万物移易中斑斓思绪的积聚与拓展，也是他的"黑白诗学"所透示的个人精神光影在声音层面的另一种跌宕延展及显现方式。学芯是当下诗坛中能够直面时代语境且具备相应精神观照能力的诗人，而由他的"空镜子"所反射的时光与思想的碎片已然反复不断地洗滤出其内心的种种疑惑、不安与醒悟，因而他一再地在诗中练习各种凝视的姿势和变异的透视，"用修正的姿态 / 转动磨损的颈脖"（《早晨》），以自我身心的检视与剖视，完成一次次不涉喜惧的精神放纵。

诗歌一直是杰出诗人勇于进行自我诘问、剖视和精神赎救的独特方式，借此达成一种对精神与语言原乡的探访与追索。在学芯的作品里，反复出现的那些词语（诸如"夜晚""黑暗""寂静""白色"等），当然首先是对于四时光色之类日常感知的语言收纳与命名，所追慕的可能正所谓"妙造自然，伊谁与裁"（司空图《二十四诗品》）。而在心理解析的意义上，或许还是一种指向生命经验的拂拭、召唤与辩白。尼采曾经评论道："人们使用同样的词语是不足以理解彼此的；还必须将同样的词语用于同样类型的内在体验；最终，人们必须拥有共同的经验。"我想，毫无疑问，这种极富象征意义的共同经验所指涉并演示的，就是在一个时代的语境及其个体精神成长过程中，如何安顿自我与他者的情景对话。

由此而言，第三辑"穿透寂静"则是学芯有意构筑的另一重精神自由游走的境域。它收录了许多作者近年游历山川飘逸走笔的性情诗篇，大部分是着意描摹川藏地区的风土人情和自然形貌的短章。其中，羌塘、雪线、寺庙、牧场、会理、安宁河谷等地名语词一一呈现眼前，广袤天地壮美行色尽入眼帘。而惹人注目的是，它凸显了"穿透""仰视"两个语词，构成了同前两辑关键词的区分。及至第四辑"网络盘旋"，作者虽有心转场新时代，抒发面向新事物、新风尚的一些感受，却是稍显凌乱、急促的蛇尾之笔，境界格调显然差强人意。

学芯新著《空镜子》的书写与编排于其个人而言，或许是一种语言技艺的再度摸索和尝试，一时难以定论。我宁愿将它看作是一个作者自我审察、省思颖悟的矛盾综合体。令人可以回味的是，它意欲体现一种万物世相正负双面之间的对立性和相似性，而在这两性中间，其实正蕴含着一种无限复返循环的能力，一种用语言重新想象与形塑世界的可能性。任何创造性的写作寻求的都不是新语词新风景，而是某种自觉自主的语言经验的再造。它在当下不懈地缅想与冥思，不倦地回应与接续传统，并且，为之提供一种表达精神自由的无限境域。

而在如此敞开的开放与流动的思想境域中，正如本诗集里《仰视》一诗写道的：

　　所有仰视的目光
　　好像都已简化自己的形体
　　转世或者重生

2018年5月11日

经验的幻象

——王学芯诗集《空镜子》读析

傅元峰

当下有多少诗人是像王学芯这样做的：在中年放弃讲述，不再依靠"经验"里的人生资料，将表达重新建立在虚构中，像是持有一面"空镜子"；诗人作为经验的持镜人，在诗中桥接了经验的破碎和幻象的重建。这不是经验的致幻术，因为诗人的幻象与意义藕断丝连，残留了部分写实的功能："几分有意义的幻象／露出一块块路程标牌"（《穿过隧道》）。相较《飞尘》《可以失去的虚光》等诗集，王学芯对这本新诗集的命名，给这种拆卸经验、博取幻象的诗歌行动留下了解读线索：诗人并不追求禅定，在求得诗思的途中屡次犯下对经验的杀诫；他勤奋翻找经验并用虚构洗刷、烹制它们，仿佛他这一代人的历史或日常经历已皆是岁月中美味犹在的毒物。

1.似“是”而非

"拾起石子 我花很长的时间打磨 / 用一种对生活的了解 / 改变它的光亮和形状"(《头发被风吹向一边》)。经验破碎以后，幻象作为一种对于世界和自我的非常私密的深度体验，必然经历了认知价值的降解。王学芯对物象有广泛的好奇心，是一个描述型的述谓诗人，诗中充满了判断的欲望，充满了“是”。“是”是一种持重的厘定，作为诗思，成诗的可能性很小，除非它是诗的修饰语。“是”的思维指向知识，当它因抒情主体而获得了局限性，它就脱离了意义的广场，在片面的处所闪现出戏剧性，从而发出个体的微光。这也可以描述为，在发现某种知识的过程中，客体被主体设置的戏剧情境发明了，从而呈现出新意。

一首关于“是”的诗，特别是关于物象阐释的诗，“新意”是它的关键。“微尘是一种没有声音的呼吸”(《微尘》)，“新”的出现，是此类譬喻的修辞结果。在王学芯的诗作中，事物被譬喻说明，事物通过描摹性质的譬喻，成为一种可感的公共知识，进入语义限定，从而成为词；它被用来说明“我”。“同我一样”的并举，显示出这一判断的最后目的。目的实现了，“微尘”回归它的动态，“从每个低矮的灌木丛上 / 掠过光亮的细枝”。

在择物为词的“是”之诗思中，智慧的光辉并不是最终可靠的美，它必须向情感投射，照见抒情者寂寥的怅惘或伤怀的泪滴。真谛往往降临在说明最无力的时刻，因为解开意义的黑暗罩衫，"说明"失去了它的必要性。接下来，诗人还要让真谛失去必要性吗？失去智慧的诗之场域，需要情思的舞蹈填充。在《空镜子》中，"像"取代了"是"，"我"被说明，洞达的抒情者面孔并没有享受智趣的自得，而是将怅惘倾倒，作为诗的流淌的余绪。

如果这个"是"的过程呈现为造词，诗人对事物的细描就有可能呈现为具有感染力的过程。但在"所是"的思维中，划定边界是认知的必要手段。诗思，往往无法真正在事件与物的自然轮廓所形成的边界之间形成僭越，从而进一步形成通感，达到邀请或构筑新事物的目的。在王学芯的诗中，"僭越"依靠"参悟"而频频实现。最高的僭越，呈现为边界的遗忘。在《回家的人》一诗中，"我"经历了物象的拆卸，五脏六腑的感知逃离了形体的边界，它们在主体的完整性之外，它们的超然物外，是由内观获得的：

> 继续默默地往下坡的路
> 走去　在另一个拐弯的地方停下
> 抖出鞋里的石子
> 看到鞋上
> 沾满了沙砾的灰尘
>
> 太阳若隐若现　一群树木
> 带着回声走在上坡的光中
> 相连的台阶

拨开纵横的枝节细蔓
前额垂着
胸口贴着簌簌响的风声

路已接近最低的心跳
回家的人
傍晚长出了金黄的头发
轻轻的肺叶
挺起塌陷的肩膀

　　王学芯的诗，洗干净了语词和日常经验建立的连贯性，
甚至，"我"也在分崩离析之时被短暂遗弃了。世界在一个时
刻和地点的所"是"，严严实实遮挡着"我"，"我"因此也是
客观的。并不是每一位诗人都有能力让句子闭嘴，倾听事物开
口说话。王学芯描述事物，让它们和句子一起静默。他的诗，
可贵之处在于，每一首诗都留下了可以聆听弦外之音的空间。
在述谓的时候，能看到"我"的身影，这是哲学带给诗的礼
物。近百年文学（甚至更久），那些带有主体玄想的作品，常
迷恋于在叙事或抒情中见"我"的花式经营。王学芯取消了
"我"与万物的"分别"，应是无"我"相的深入证悟。
　　因为证悟，王学芯的诗，藏掖着一个睿智的全知视野，
身体本身的形体合法性经历了通感的藐视。因此，身世作为
经验是微不足道的。诗人写下的幻象，仅仅是一种带有反讽
意味的透视法的结果吗？不，诗人不是一位犬儒主义者，他

的"似是而非"并不是对事实描述责任的推卸，而是验证"新的事实"在经验背后的不动声色。"我在这虚幻的一刻重现/在淡灰色的背景里　伸出/寒暄的手"（《回眸一望》），诗人对经验的幻象有宣介的热情，即使他的热情已因参悟而在中途冷却了。一般说来，如果还能经营修辞，就不能直接说有些伤感的诗人是一位厌世主义者。

事实上，在王学芯的诗中，身体既是经验，也是幻象。在《寂静的厚度》一诗中，"胸腔""大脑""眼角""太阳穴""骨骼"等，是身体因"寂静"而得到放大的结果。它们分别有其主体性，参与了对世界的描述，但并未因描述而使身体更加清晰。身体的涣散甚至迷失，是经验迷失的极致。在一首题作《蝴蝶上的手指》的诗中，身体既作为主体与整体，又作为客体与局部的复杂关系呈现出来："蝴蝶被充满兴趣的手指/随意捏弄　浓重的空气/湿透了我的骨头"。这可以描述为，"是"与"非"是同行的；也可描述为，"是"在离开经验之后，由知识变成了文学。

2.非"像"

经验世界的破碎是这样被描述的："光线像在伤口上愈合/枝叶覆盖水面　同另一个世界/取得联系"（《一泓深潭》）。诗人用"像"描述新的幻象世界，与非诗的各种常识建立关系。

"像"是"是"的修辞变体。尽管"像"是在本体、喻体之间建立关系的古老技艺，但缺失主体存在的修辞学并不产生真正的诗意。在失魂的时代，一个诗人从话语中摘除比喻的过程将十分漫长。王学芯生于1958年，经历过以比喻为主的文学教育。他们这一代诗人，需要先在修辞学上经营一个汉语的工匠作坊，汇入一种显然不利于个性与风格的诗歌习俗，然后，再从中叛逃，抗拒比喻，远离类似"青春诗会"的话语秩序，从而在中年写作中撕毁自己曾经签订的"比喻一切"的汉诗协约。

　　显然，在真正诗的和真正非诗的维度，比喻都不能说明世界。比喻，不是和"是"有关的东西，它关乎主体经验，又召唤言说与读取的公共区域。让事物显得更熟悉，是比喻的动机和效能。王学芯的诗，譬喻节制，可以看出，他已经历了修辞的叛变，脱下了褪色的言语的制服。但在他的诗中，依然还有"像"的影子。"像"，是无法埋藏的话语的枪支，是一种难以摆脱的惯性。王学芯的比拟，反其道而行之，将本体引向十分私密的白日梦中。《夜晚的楼宅》节节可见譬喻，但这些譬喻不是将个体经验导流到公共区域，而是从公共经验中劫持微妙的事物，使它们不至于在黑暗中下沉："光像钟表上的指针"、"那些黑斑一样的窗　如同结痂"、"看不见的躯体 / 摇曳着每一寸肌肉 / 像城市的猫"。诗人是比喻的叛徒，他为经验建立"反比喻"，完成修辞救赎。

　　使用"反比喻"反抗经验，要走一条布满荆棘的道路。抒情者是一个有经验的人，因为话语的极端工具化，日常表述中的经验不再是个体话语的原矿。当然，个体经验从来没有消失过，只是被公共话语层层遮蔽起来，难以对应觉醒的个体言语。王学芯"重新经验"，他求助于"反比喻"，在"我"与万物之间建立通感，活在虚构出来的幻象世界。作为一个"有经验的人"，诗人借助诗，在经验中破茧而出："我从不记住烟云的气息 / 每一次把烟云吸进肺里的时候 / 我只在诗中咳嗽"（《一个有经验的人》）。

一个骑着比喻的马从经验的公共区域撤离的人，是悲情满满的话语的"叛国者"。他要将语言渡向哪里？这个问题或可表述为：在反比喻的尽头，可以看见母语的长势吗？远远看去，他的破败的旗帜上清晰写着"汉语"二字。"三月中旬 树枝开始变粗 / 词语和意义 / 在肺的小屋生长"——从这类诗句中，看到隐喻不断彰显的诗人潜意识。语词被看成身体的天性，意义也从未被真正放逐："我聪明的双手 / 拨弄出了词语的意义"（《私人空间》）。

3.空间诗学的道德类型

在是非判断和正反修辞之间生成的抒情主体的语态和腔调，与话语的历史相关。它们是时间属性的，或许有语境鉴证的价值，但并不具有充分的汉语美学的依据。如果现代性还不能充分描述诗人对时间的犹疑，那么阿甘本衍生于本雅明理论的概念"同时代人"[1]使用起来就绰绰有余。"同时代

---

[1] 【意】吉奥乔·阿甘本：《何谓同时代人？》，《裸体》，黄晓武译，北京大学出版社，2017年3月第1版，第20页。

人"在德行方面，是一种空间道德。如今，象征主义者已经不再是一种时尚了，甚至出现过它优秀的反对者（如阿克梅派），但"象征主义"的美学精髓依然可以视作任何现代艺术流派的"同时代人"。

王学芯有这种"空间道德"吗？"像我手腕上的钟表 / 若有所思 / 掉了指针"（《在时间面前》），对空间诗学的经营者而言，时间是一种迂腐的经验。王学芯对"状态"的趣味十分浓郁，导致他的诗大多是具有强烈雕塑感与装置意味的空间艺术。空间使"时光"在截取了与空间的交汇点之后就匆匆离开了，空间在时光离开以后，展示出黑暗的神秘价值。空间的秩序里，从来没有时间的绵延所产生的轨道感。只有对空间感兴趣的人，僭越和越轨才能成为一种道德嗜好。很多诗句显示出他对黑暗凝视已久："抽象的单独穿越 / 空间越来越黑"（《穿过隧道》），"我"在衰老中等待着"被更强烈的黑暗碰触"（《衰老的迹象》）；他的黑夜，是被白花照亮的："白花明媚 / 捅大了黑夜的洞穴"（《在夜的低处》）。

王学芯的诗语中，"瞬间"是不可或缺的，他依靠某种诗歌本能捕获了经验的"瞬时性"："片刻之间　我或大或小的空间 / 整个身心的感应 / 看到了一朵闲荡的云彩"（《夜晚无梦》）。瞬时性，作为本雅明"救赎美学"[1]的时空转化的临界点，是一个越轨的时刻。诗人偏爱倏忽急逝的带有瞬时特征的时刻，黄昏即是这种时刻："黄昏难以辨认地迅速出现 /

---

[1] 【德】本雅明：《历史哲学论纲》，汉娜·阿伦特编《启迪：本雅明文选》，张旭东、王斑译，北京三联书店，2014年9月第1版，第270页。

我在门庭外的一棵树下／听到寂静流淌的声音"（《暮色突然降临》）；"此刻我像青苔一样端坐岸边／用一秒很细的钟／穿过下一秒光的针眼／抬头一望／天空的云已被清理干净"（《在黄昏的水边》）。或许因为诗人在心灵上亲近黑夜，以至于他能够嗅到并且偏爱"黄昏的霉味"（《暮色的霉味》），甚至能够听到黄昏的声音："眨眼的瞬间　光束消失／变厚或变薄的黄昏　总会发出／沙沙声响　弄乱我的头发"（《在黄昏的窗边》）。

　　《空镜子》收录的诗中，延续了王学芯对"状态"摹写的兴趣，可见诗人显著的空间意识。城市带来了文学中空间诗学的觉醒，从这个意义上说，王学芯是一位可疑的城市诗人。他的诗，较少农业经验，却与自然亲密无间。作为与自然共享躯体的道人，王学芯的诗似乎弥漫着在中国文学中迟到的象征主义者的通感：

　　　　进入薄暮　我用自己的影子

　　　　在光的面前

　　　　做成一株飘零的植物

　　　　草和我长到一起

　　　　偶尔落在肩头上的鸟　一声啼鸣

　　　　锈屑变成了一堆黏土

　　　　　　　　　　——《街灯的号码》

在诗中，罕见地出现了两个"我"，物我关联的姿态是平等的，诗人可以在万物所有"我相"的可能中自由出入。形体其实是造物伦理的边界，种属关系的失效，显示了以界限僭越为主要特征的失序。但这仍然不是全方位的主体革新，诗人模糊的向道之心没有在僭越中更改，他只是看到了更多的"真相"。在《豁口》一诗中，一种传统的空间焦虑得到了淋漓尽致的传达：

> 一座更大的建筑升了起来
> 堵住透气的天体
> 城市再次挤压了一下我的心脏
>
> 空间注定就会消失
> 闷热的光斑　如同喉咙里
> 长出的变黑肿块

王学芯没有足够现代感的城市意识，身体与外部世界界限的弥合呈现出的各种幻象，都不倾向于印证他是一位与城市相知相望的诗人。相反，它们带有时光雕塑者自然的感伤。当诗人在高楼上凝视，他看到的街景并不是张爱玲或佩索阿看到的那些令人愉悦的景观："窗外的四季重复循环／街道如同一根手指／模型似的汽车　像涂着颜色的指甲／在私人主观的臆念中／弯曲和伸直"（《在高楼上凝视》）。

如果以《空镜子》的第三辑"穿透寂静"的高原组诗为

参照，从这幅努力保持了客观性的城市街景中，几乎看不到现代派的美学存在。仇城，从来都不是带有现代意识的空间道德。诗人对"风景"的叙述并没有经过经验的拆解和转化，而比喻也是达成共识的正向修辞。在风景诗中，镜像失去了它的必要性。这些线索说明，王学芯的空间诗学，带有坚定的古典主义者精神澄澈的道德印记——是与城市相关的现实出了问题，迫使他不得不为变形的生活记下幻象。在《空间现象》中，诗人接收"每一类鸟闪出一束自我的弧光"，形成在空间感觉中的善恶判断。虽然王学芯的诗构筑了真切的印象派画风，他对经验现实的抽象几乎可以以假乱真了，但王学芯并非一个现代主义者，他明晰的向善之心，使绚丽的心象缺少真正的放逐与迷失。

在阅读王学芯的上一本诗集《可以失去的虚光》时，何平言及诗人较早感觉到了普遍到来的"老年写作"[①]的凛冽秋风。王学芯要从"老年写作"到"晚期风格"过渡，还需要一些看似十分荒诞的内在条件："一种蓄意的、非创造性的、反对性的创造性"。[②]因为，在《空镜子》中，诗人已经开始在形式上这样做了。它的效果不是十分好，源自于诗人还没有摘除一个青年内核，一个由意志力和体力依然雄浑的英雄把

①　何平：《一本个人断代史的诗志》，王学芯著《可以失去的虚光》，长江文艺出版社，2017年7月第1版，第4页。

②　【美】萨义德：《论晚期风格》，阎嘉译，北京三联书店，2009年6月第1版，第5页。

守着的古典主义、浪漫主义和某些现代派技法混居的城堡。虽然王学芯否定了日常经验，建立了通向幻象的透视法则，但是，他的作品中依然需要强化一种来自于抒情主体的否定性的力量。这个力量究竟会来自哪里，是身体的羸弱，还是古典主义的审美主体在经历了无法返乡（主要是那个其实已经无法返归的所谓"江南"）的自我放逐与精神涣散？让我们拭目以待吧。

戊戌初夏，栖霞齐云斋

目 录

第一辑　黑色幻想

第二辑　感应磁场

第三辑　穿透寂静

第一辑

黑色幻想

往事的幻象

在很深的通道里　原路返回
以前像在仪式之中　学会摸索
现在屏住呼吸　眼睛有些潮湿

这是幻想　步子有些迟缓
那些楼房　那些拐弯抹角的区间
往事绕着深思熟虑的思绪盘旋
在各种关系的关联中
各司其位
严严实实地哑默
我的两只眼睛
一只看到窗外的旗子迎风飘扬
一只面对卷须一般的人影
用勤勉代替简单的世界

我从原路返回
再次坐进过去的椅子　桌面僵硬
环顾空白的四周
残留的泛黄纸片
在地上乱飞

我的每根神经如同纷扰的光线

像桌上烟缸里

一个烟蒂和一堆烟灰

一种状态

我在家的门里出没
在钥匙孔里形成变老的身体
安静地跟时间相处

当我站在街上
像件晾衣绳上的衣物
减轻重量　跟一阵过来的风
朋友一样交流
描述天气
说出眼睛里的光和发黑的瞥见
那时　我经常听到有人叫我的名字
回头一看
脚在路匜边踩空
身体散发出尴尬的燥热

当我坐入屋内的阳台
在嘎吱响的椅子里改变姿势
低着头把一杯茶吹凉
头顶上的飞机
在看不见的云层里低音缠绕

搅扰凝止的光和时间
那时　我的心脏
总有一种浅浅的疼痛

云层造出一个低低的天空
我在狭长的隐匿空间
或站或坐　后背绷紧了筋骨

溪　水

溪水流走　日子又从远方
过来　波纹中影影绰绰的人影
耀眼或者黯淡
经过石头的一次次撞击
在涟漪里融化

嗓音隐入茂密的草丛
那里布满了称呼　权利和欲望

一棵水中的柳树
如同一座蜡像　在空茫和消瘦里
敷着光洁的薄膜

而当新的漩涡出现
水花变成雪白牙齿　咬着波纹
计数经历一样
融解所有一切的光芒和远景
风穿透溪水
淌过了生存的场合

在夜的面前

光泽从脸上退去
头发长出黄昏的干枯色调
我在呼吸一些空间的霉湿气息

迎面而来的夜
墙角飞出成群的树影
淹没了窗　带走了一点僵止的光
蜷曲的缕缕薄雾
如同羽毛
从鸟的身上飘落

路灯归入黑黑的眼睛
灵魂变成忘记一切的障碍
行走的想法和感觉
街道沉默
房屋缓缓隐没
寂静逼近了我的喉头

几根高压线在头顶的风中晃动
我在小径上　测量着
自己缩小的步幅

三种时态

我描述过去　透彻地
观察现在　在存在的形式中
寻找未来的比喻

过去的路面发光
那些生命景象　开阔或者狭窄
我的眼睛
在一览而过的回眸里
升起又隐没

冷漠形成一个个现实的池塘
当一块石头垂直沉入水底
鱼群四散开去
在水藻里
观望着更多的事情发生

未来推着开阔的水前行
一缕光轻轻漂浮
被巨浪覆盖
起起伏伏的汹涌和日子

暗礁裸在眼前炫耀

过去已经蒸发
现实的水面上只有寒冷的波纹
未来是紧绷的一道目光

在一首诗里

在一首诗里　山脉和森林
或者田野与河流　被山谷围绕
在我形体以内
变化样式

树叶在分行走动
偶然站立　隐隐透出一些思考
随后出现的空旷
观察到
成群成群的小山
贮存着大量氧气和滴水的光线
改善了我
对生存的理解

一首诗经过我的目光
意义在继续分行的树叶上跳跃

生活平静下来
诗如天上掉落的一个湖泊
烟雾穿过了泛白的玻璃

微　尘

微尘是一种没有声音的呼吸
从闪耀的树梢上飘下
同我一样
在做好思想准备的变化上
碰触日落的寂静

微尘从光的针眼里穿过
拖着细长的虚影
如同我所说的过去一些事情
经历之后
变成了一堆集合的碎片

我和微尘蓬松地浮在时光里
远离了场景或闪耀的树梢
面对黄昏
感到飞驰的时光

从每个低矮的灌木丛上
掠过光亮的细枝

空镜子

当空镜子变成一只失忆的眼睛
我像荒草飘离　太多的白昼或光阴
僵滞而寂寥

冰冷的镜面封闭了几千个日子
没有言语　没有任何粗略的记载
曾经出没其中的有力形象
生命能量和清澈
像涟漪从边缘轻轻消失
即便偶尔发笑
也是一次遥远的嘘声

白霜一样的薄片玻璃
隐没了张开嘴呼吸的喘息
交错的虚无人影
脊骨如同碾压之后的粉尘
在看不见的角落里
纷纷扬扬

我失忆的眼睛像块橡皮
擦尽了干燥的脾气和发亮的虚荣
变得纯洁如雪

日期或星期

从月亮的背面
翻转过来　早晨的光
从我左脸升起　在傍晚的右脸
下坠　日期和星期
在脑里模糊一片

那些拉紧的节奏自然松弛
日历上不再变化的数字
变化着光线
窗外
云彩习惯性地驶过

我以这种变化的名义
用很长时间凝视一杯茶的温度
当水凉了下来　凝聚起芳香
我发现
杯底厚了几倍

日期和星期越来越朦胧
我在屋内的地上　注视

每天移动的光线

推想

时辰的年轻和衰老

回家的人

继续默默地往下坡的路
走去　在另一个拐弯的地方停下
抖出鞋里的石子
看到鞋上
沾满了沙砾的灰尘

太阳若隐若现　一群树木
带着回声走在上坡的光中
相连的台阶
拨开纵横的枝节细蔓
前额垂着
胸口贴着簌簌响的风声

路已接近最低的心跳
回家的人
傍晚长出了金黄的头发
轻轻的肺叶
挺起塌陷的肩膀

拆解姓氏笔画

我仔细拆解自己的姓氏笔画
抹去形式上的名字
把角色
一点点从日与夜的颜色中
变成另一空间的存在

我从这极为简单的变化中
松懈任何联系
让一种没有状态的状态
变得宁静
纤细如同草茎

笔画零散地离开我的生涯
那些严肃的纸
洁白　如同一块飘远的光斑

在烟雾里面

烟雾在斜照过来的阳光里缭绕
在我树影疏晦的窗台
描绘一些复杂的经历

四周寂静
窗外蝴蝶的翅膀很薄
闪烁着清冷的光照

屋里变深的色调
连同沉默不语的空气
凝重地堆在身边

而光秃秃的树枝
同我视线接触
露出了一片静悄悄的阴影

烟雾的延续和透视
灰的颜色四散或沉落
回头一看　房子变成缩小的房间

笔尖的感觉

我的诗透出画面的微光
在做一分钟的创造
站起真实的灵魂

忧思涉及隐秘的焦虑
思考变成凝固的美学
眼里含着黑色的泪水

我高声朗诵自己的诗作
幻想造出一团阴郁的火焰
用声音伸进每棵树的叶丛

但是一切那么无足轻重
诗像是一块丘陵地上的微风
掠过浅浅的山谷

如同一次徘徊
树叶沉入一个池塘　在一种
全景之中　变成泛滥的水泡

择路而行

脚尖前布满水洼
我小心翼翼地择路而行
所有露出水面的石块都有含意
许多话语和幻想
在穿过真实的场景

这种落脚和躲闪的平衡
像鸟在树枝间精准的跳跃
整个身体
在一汪水和一片光中
腾空　每次感觉
如在控制自己的命运
把握生存的路径

一双不能失足的鞋子
积水在鞋子四周左右流动
踮起的脚尖
如同美丽细节
在生命线上缓缓移动

在衣帽架上

在衣帽架上　挂上
外面穿戴的衣服和帽子
帽子升高一点　可以抵近低层的天花板
敞开的衣服　每一颗纽扣
靠在窗子一边

手指触摸了一下帽子
圆柱形的帽冠替代沉思的脸
集体离开的五官
在这一时刻　回到我的身上
发现轻轻的呼吸
变成鼻息
有种安静的生活感觉

袖子仿佛在满足着手的举止
弯动的肘关节在我臂上活动
变成手里
一杯茶和一本诗集

我这样回归自己的完美

窗外的身影　一米如同百万里遥远
我的小房子里
中午的太阳
正在衣帽架上凝思

躺在草地上

夕阳躺在草地上
草地在我的眼梢边放大比例

天上的云是最纯洁的动物
变换着姿态　体内
没有让人琢磨不透的心思

风像从水面上吹来
有几分凉意　在草尖上
融合了我对天气的情绪

光线变成一种口味
我在夕阳身边
咀嚼着好吃的草

一片没有意识的意识
柔软的自言自语
在进入我的大脑

脸生出了光　身体

轻了许多　觉得自己
有着一双闪耀的翅膀

夕阳躺在我的眼睛里
草地如同我一口呼出的气息

子夜的烟雾

过了子夜　移开一扇窗户
烟缸里的烟向外
漫天飘飞

这些蓝色的烟雾
如同绵长的复写纸条　上面印满
我的诗句
那些
没人说过的比喻
没人发现的各种微妙象征
以及
内心荒凉
脊柱的疼痛
生存里的回声
这些从窗口飘进夜空的烟雾
寻找着聆听的面孔

窗外的夜睡得悄无声息
被烟呛醒的风　在树上翻了个身
迷迷糊糊发出细小的声音
把我的诗句
当作梦的呓语

上　山

沿着思想的小径上山
中年以后坐在一块岩石上歇息
肺里的山脊云雾缭绕
腿边滑溜溜的石板
三级台阶向下

蝴蝶聚集一起蹁跹
翅膀上沾满黑色的污渍
斑点褪色　褶边模糊不清

苔藓和深绿色的地衣
粘着岩石　对面山冈上
松树林隆起心脏一样的山
几丛杜鹃花
在心率中
加快了向上的跋涉

云雾围上我的脖子
丝丝缕缕变化的冷灰色调
缠绕
一个中年之后的清晨

一颗雨点

天在下雨
头顶感受到雨点的清凉
失去颜色的蒙蒙天空　没有声响

睫毛上水珠精巧地悬起光亮
被诱导的视线变得透明
好像未来的事情正在眼前

试图抹掉这种幻想
水珠却在不断形成自己的太阳
再现一种生存的迷离

一根睫毛　一道目光　一个灵魂
晃动的一颗小点
追随着现实的全部眩晕

黑胡子白胡子

胡子在夜间繁衍　从嘴唇四周
延到腮边　在清晨长成天然丛林
让我每天
听到窗外的鸟鸣

体内仿佛储存着丰富的毛须
细细密密的黑点　胡子的茎干
覆盖我的脸和感觉
想给我
个性的特征

我每天用锋利的剃刀　把胡子
刮成粉末　用肥皂泡的价值标准
达到一种刺痛的光洁

胡子在刀刃上缠绕
重复地聚集在我声音的四周
祭奠黑色的灵魂

现在黑胡子丢下我的面孔

白胡子压住不肯承认的舌头

黑色溜走

白色覆盖了白色

荆棘小径

从现在的尽头到过去的往昔
荆棘小径　成为逆向盘绕的通道
那些带着芒刺的眼睛
在我背后
暗暗走动

荆棘丛中响出窸窸窣窣的声音
暗黑的窟窿像掉了门牙
唾沫在细枝上跳动
像四散的墨迹
把一片缠绕或沉闷的区域
悬挂在杂草尖上

我的嘴如同缄默的蚌壳
雪白的冷静融化在紧闭的口中
言语盘旋
默默地擦过喉咙
身后
留下一片晦暗而空寂的地带

背　影

我身体里拧紧的神经在松开
脖子朝着另一个方向转动
颈椎的声音
或血液的记忆流过静止的时间
我身体里拧紧的神经在松开
每一根骨头灵敏自由
我
随着落日的璀璨阳光变得金黄
背影像灰一样轻盈

丛林战

树叶发出飒飒响声　影子
投进我的阳台　我像练着瑜伽的老虎
被一些小动物的气味萦绕

风咬着窗的缝隙
棂角上的情绪　呼呼地旋转
丛林的树影在脖子上摇动

那些喵　吠　嘶嘶的声音出没
在草叶间暗黑地呼吸
波动着看不见的躯体

陡然间的嗔怒回旋
我叫出他们猫　疯狗和蛇的名字
打开窗　发出俯冲的咆哮

阴影转过一张人脸
在没有恐惧的表情里　舔着舌头
牙齿尖上闪出一个微笑

扣动字的扳机

阳光晒热了阳台上的玻璃
我用书的厚度填起一张书桌
墨水从闪闪发亮的笔尖
吐出字来
记录下许多以前疏忽的事情

穿越时光　我用今天的灵魂
扣动每一个字的扳机
把昨天最亲近的自己
一次次击倒
一次次检查最赤裸的灵魂

我像在天堂醒了过来
回到真实的阳台　发现我的名字
除了符号与过去一样
意识已从虚空的深处
脱身而出

现在　我的身影渐渐变小
脸越来越清晰

阳光带着我一行行手写的字体

慢慢移向窗外

变成辽阔的颜色

临时客房

进入卧室　窗帘遮住窗子
我套上一件宽大的衣服
用聚拢的寂静和缩小的身影
在临时的床上
盯着一面长形的镜子

这是陌生地方的陌生房间
多少人走进走出　没有魂魄的空间
从没留下人的气味

寂静塞满了我的眼睛
一根白发飘上枕头
床边的闹钟　黑色钟面上没有数字
只有断断续续的光线
投射在睡觉区域
在我的脸上一动不动

天花板低垂
身体里好多关节响起低语
感到所有房间　其实都是一间临时客房
我将匆忙地赶赴远方　离开
晨光或者夜幕

看　书

坐在阳台的一把藤椅里
足够多的闲暇　书上斑斑日光
慢慢移动　烟蒂从烟灰缸里
冒出一缕细直的青烟
像支神圣的香

书的故事在一行一行地重复
情节狭窄而弯曲　几个
转折之后　彼此脱离联系
出现大片空白
那些熟悉的人影　落入陌生人群
像一堆蜘蛛结成的网
在各个角落潜伏
相互缠裹
保持一种相向的依存

我这么坐着看书
如同坐在一座天平的秤上
一缕香烟　聚集到轻轻的一端
增加的分量
世界恢复了平衡

发黑的脸

冬晚的云擦拭月亮的眼睛
没有眼泪　默默的白
脸凝然不动

夜空清晰　微风冷冽
昨晚下雪的时候　一个朋友
同死亡突然约定时间
像一件礼物
被送走了

现在柏油路面干干净净
一溜矮矮的雪脊　形成
朦胧的冰堆
占据一点点空间

而黑色和微白色
这两种经常出现或隐没的颜色
变换之处
那些过往的记忆
如同灵魂里的一线缝隙

一只半瞎的鸟掠过树梢
在万里晴朗的夜空低回
像在思考问题
观察
我们发黑的脸

假　如

假如越过痛苦　伤害　郁闷的极限
从陷入的境地出来　停止身子抽搐
吸进双倍氧气　平静地
走过往事的走廊

假如游戏结束　面容裸露出来
白发到达自然的纯度　像积雪闪光
衬映长长的唇髭和皱痕

假如手指与手指不再绞扭
轻弹生命痛点　回到内心的柔软
然后手心往另一个手心
摩擦
摩擦
摩擦
直至热量
改变呐喊的手势含意

假如没有假如　吞咽的空气
变成打磨光滑的鱼刺沉到胃底

腐蚀的气嗝
在喉咙口反复地发酸
那么　我盘踞在我体内
用手支撑溃散的骨架

眺　望

眺望淡紫色的群山
我在试想我最后一次散步的景象
那时天空的情形
或许　云彩像鱼群游动
或许天气阴沉　模糊的
空间　缓慢坠落

那时我将张着嘴巴呼吸
但我依然会撑开下垂的眼睑
相信
在天空的衬托下一切都会很美
高楼穿着柔软的衣服
城市携带着风奔跑
我保持的身材
轮廓分明
哪怕仅存的一根白发飘动
还在询问天气

我眺望淡紫色的群山
悄无声息地移动　停顿　移动

韧带和肌肉
以无组织的疲软为特征
而我依然会咀嚼几根草茎
感受苦涩的味道
咧着嘴微笑

寻找我的心脏

解开衬衣的扣子　透过
薄薄的皮肤　我在肋骨间
寻找隐匿的心脏

我丢失了我的心脏
每天穿的衬衣或衣服　像日常事物
套着躯体
弯曲得有些忙乱
以致我只看到扩大的愿望
或暗淡纠缠的光线
被感知的存在
胸口响出窟窿的回声

现在我在空间的幽谷
找到了收缩悸动的心脏
感到一只鸟从岩石缝里飞了起来
啼鸣顺着小溪
落到深潭里
发出隆隆的回响

而骤然出现的间歇
我在短暂的休止中　　喉咙口
涌出了苦涩的胆汁

在夜晚的空椅子边

拉开一张椅子　在空桌子前
坐下　呷上一口冷光闪闪的白酒
四周没有丛生的面孔

独自在一个小酒店宴请自己
打过招呼的手擦揉眼皮
窗外的黑夜
星星隐没　只有一丝微风
吹动着薄雾

玻璃上的目光　脸在波动
一丝苦笑塌下松弛的颌骨
手背上的青筋
缠绕杯盅　像在一个冷清的火塘上
加热

液体持续上升
夜空泛漾开来　我像水边一只鸥鸟
张开翅膀　在干枯的芦荻上
观望散尽的浮云

独自靠近深夜

我昂着头　没有强使自己离开

小酒店通宵营业

也许只是精准的背景

折过黄昏的墙角
剥落的泥灰露出了破损残砖
一种嶙峋
像是最后一根飘近的羽毛
擦过潮湿的鼻子

我沿着墙边的缓坡顺势而下
夜的嘴里吐出了烟　路灯的光
如同淤泥里游动的蚯蚓
沉寂中的暗淡
只有裤腿碰擦的嗦嗦声响
以及一片树叶飘落　一只鸟盘旋
和一条小河浑浊的流淌
回头检查走过的路
路在两个拐弯处折断

回到一扇门前　雾气跟着我
进入我的房间　触摸桌子和灯光
我用肺里的空气
做了张椅子

坐在缓过神来的窗前
向外张望

掠过模糊的墙角和嶙峋

走下楼梯

曾经坐过的房间　那里
人影涌动　玻璃面孔
在演绎旧的情节

我走下楼梯　一群麻雀隐了起来

急速地拐弯
挥别的手插在口袋里　大拇指
压住想伸出的食指

透视经过的微笑
我看到人体中的每一根神经
变得愈加纤细

冷风呼呼地扑在脸上

扶梯发黑的木纹
驳落暗红的油漆　拂动的光线
顺着楼梯流淌而下

在一个大厅的片刻时光

走出一个大厅　空间空空
挺拔的圆柱如同樯杆
靠在冬日的黄昏
我走向岸去　衣袂喧响
嗓音默默地贴着上颚

可以任意形容的背景退去身后
漩涡在陡峭崖边
渗出白沫

竖着耳朵的一棵棵树在眼前站立
橘黄色的光刺　如同飞蛾
翼翅快速地扇动
分开了枝和叶丛

大厅的圆柱升起天空
垂挂下来的光幕变成蚕茧的形状
我像只蝴蝶
长着黑黝黝的翅膀
从里面飞了出来

风吹过夜的废墟

风带着我
在夜的废墟时辰中飘浮
黑色如同脚下的砾石和站立的青草
偶尔折断的树枝声音
很轻易地
擦伤了我的耳朵

鞋尖抹上一层变灰的月晕
空无一人的小路　我顺着隐秘的途径
进入往事　树叶纷乱
风吹得更低
所有阴影　如同断断续续的黑线
飞散一团乱麻

夜像一层粘胶贴在身上
我裹紧外套　戴上黑色的手套
保存好自己残留的体温
用一双星光的目光
穿过夜的裂纹

树枝又一声折断

废墟附近　黑线上出现的铥钩

在钩住

出现的我

或消失的我

过一个墙角的变化

拐过墙角　冷清敷了层薄荷
我像个情节　突然转折
两个肩胛挤紧了身体

斑驳的墙顺着寂静移动
拖拽的往事　绕着身影回旋
紊乱处　飘出一阵袭来的风

更僻静的一扇窗户
光线像被装饰过的爬藤
掩隐着渐渐静止的视野

而深秋的绿色沉郁
树叶从饱满圆熟的果子边掉落
滞重而轻盈地旋转

我停住脚步　用窗前的笤帚
安静地打扫飘浮的一切
喘着气　我已不再年轻

光在轻轻坠落

光含着善良的泪
闪闪烁烁　在无法言说的冷漠中坠落
每一个严肃或怜悯的关注
透出阴暗
变得蓬松或微弱

我的手指揉搓一粒冰的水珠
在石膏的面孔前
拌上灰尘
放进自己口渴的嘴唇

吞咽的时候
光或善良
落在一根燃烧的烟上
抖动的烟雾散开　视觉里的世界
变得残忍和暗淡
（气候变化　硬币和贫穷
癌症　心理疾病）
每个画面　血滴从真正的表面
变成最镇静的消息

光像脑壳里出窍的灵魂

伴着自私的生活

在轻轻坠落

同黑夜在一起

1

傍晚的火焰　变成星沫
迅速降温　厚重的夜色沉入眼底
从漩涡中溅出的苦涩或烦浊
血肉躯壳里的一辈子
或无数日子描绘不清的幻想
在眼前
升腾起午夜的云烟

2

夜是另一种椭圆形的黑茧
我在里面
捕捉自己的记忆和踪迹
每一寸水泥地面
布满裂痕　每一条缝隙
充塞着凝重　幽暗和古老的往事
盘根错节
带着阴湿的纷扰
在地底喘着粗气

黑夜的蚕茧吐着灯光的冷丝
在交织的网上
形成冰冻的沉默

3

缩小的心脏
依偎两片秋天的肺叶
在足够混沌的空气中微微颤抖
跳动的声响
淹没微弱的脉动

4

思绪在意识的茧壁上反弹
形成的线路如同蜿蜒爬行的蚯蚓
被指引的方向
泥泞的人与人关系
相互证明危险　影子
在自己看不见的天地之间

拖出被人追踪的尾巴

5

望着屋檐上的长天
许多星星在游离各自的透亮光影

这些星星　那么熟悉
如同身边的朋友和鸟雀
没有一点声息
除了衰老之外
谁都不知道谁的境况和遭遇
只有天空的切割——
碎瓷的夜面

屋檐下　鸟雀的幻象
在狭长而遥远的地平线上漂移

6
黑色的夜空
有些拉着悬帘的窗户　朝我
眨着眼睛　周围的一切
低矮的云轻轻打旋
从冷寂的人行道上
慢慢变成空气

钟表的嘀嗒声抓挠着宁静的地盘
指针在四处张望　茫然地
兜着圈子
移动窘迫或变冷的时光

7

时间像在停顿
我生命的形体在安静地填补空间
内心深处的告白　往事的迷离
在胸腔狂乱地回旋
蜃景上　飞蛾
纷纷落到脚边

我困倦的脸庞
如同空中飘浮着的圣洁花朵

8

走过的路　闪电在轨迹上空飙升
绷紧的声音响过
天空的静脉曲张
类似的现象
刀锋闪闪发亮　我的身影
如同刀刃上的线段
在黄道和地平线的相交之处
零散飘落
变成压在墙角的一撮灰埃

9

拖着疲沓的身躯

黑夜把我击倒在清晰的意识里
窗外的云
闭着眼睛掠过

仿佛是另一个人的心脏
具有另一个人的生命
从猛的惊醒中转过脸来
睫毛闪忽
露出洁白的牙齿

周围的世界灯在开开关关
短暂的永恒深邃而又诡秘

10
如同前尘往事　一小块
月光　万籁俱静地落到窗内的
空椅上面

时间静止
窗外的月亮正在缓慢变圆
转移了枯叶发出的声响
秋意扩散
交替着密密的思绪
嘴中灼热的气息

在窗口的缝隙中散尽

寂静变得浓密
我如同虚构故事中的虚构人物
仰望满天星辰
微曲的脊椎　弧影
掉在地上
低下的头
用一辈子的跋涉抵达此刻的默然

空椅穿透从窗户过来的月光
灰尘飘出我的头脑
携带着我身上的重量

11
抛开一切烦恼
闻闻人的气味
汹涌壮阔的生活像蟒蛇一样
绕在脚踝边上　发出
难以形容的咝响

倒吸一口空气
涌进陌生房间的无数眼睛
闪出猩红的火花

每张潮湿的面孔放光
面对屋内空着的椅子　看到我
站在角落里

露出了心理上的兴奋

12
天和屋檐黏合在一起
我的一盏灯外　方圆几公里之内
混沌漆黑

星星被云像沙子一样席卷而去
风像丛林狼的嗥叫
像落荒的马在远处嘶鸣

小屋里的灯隔着一层玻璃
像一件外套上的最后一粒纽扣
显得古怪或耀眼

穿透黑夜　老挂钟的心跳
滑向一边　朝我微笑的锈黄颜色
幽暗在嘤嘤发响

13

空气朦胧起来　夜的雾气
揪出几道白色的抓痕　像粉笔
拖曳着断断续续的虚线

变幻出的触须　吸附在神经上
又变成延长的芜杂心绪
空隙处　日常生活
像在割断关联

窗外的树变轻
像在移动　放松了绷紧的肌肉
隐约中的一阵窸窣
滑过眼前
目光跟着行走　一瞬或一辈子
脸上泛起纵横交错的皱纹

位置变动
从拉扯或飘曳中抽取出来的事情
悬挂在深秋的半空
眼前与过去
仿佛相隔了几个年代

14

窗子扯开一个口子　雨飘了进来
生活中的人情味气息　有了些许滋养
光滑的氛围　在干涸的
人口密集区域
一点点晕开

我同手指上一滴水珠交谈
抖动的光影　把黑夜
变成灵动的水晶色泽
透亮中的纹路　触及了无数
演化的躯体

15

短暂的迷人色彩
瞬间在模糊的光点中摇曳
窗上的雨滴
忽静忽动　像在
垂直的玻璃上踱步

头脑有些疼痛　心脏
在极短的时间里　加快跳了两下
又疲倦地间歇一次
仿佛身临一些痛苦的事情出没

肌肉抽动之后
皮肤麻木
如在睁开眼睛的霎时
紧紧地闭上了瞳孔

心事在眼角的余光里波动
坑坑洼洼的玻璃
拉毛了一张
变形的脸庞

16
面对这杂乱的思维
寒噤成为全世界唯一的语言
窗台湿漉漉的　整个
夜色在梦境弥漫
血液中流动的深色神话
像幽灵一般缭绕

头脑里一片空白

17
一道皱纹伸进另一道皱纹
在眉宇间的深沟堆出一个个峰尖
眼眸如同牡蛎

灰白的细毛　在衰落中
飘向瞌睡的梦边

脸如同黑夜携带着的暗淡光线
在背衬的一种知觉里
四肢颤动　房屋异常寂静
有扶手的椅子
把身体缩成卷曲刨花
裹住拖延的疲乏

光线变得越来越刺眼
钟摆没有停止晃动
被撞碎的时光
在峰尖的悬崖边上摇摇欲坠
那里杳无人烟
只有岩石和飞鸟的天空

18
我从已知的虚空走向更深的虚空
微小尘粒随着窗外的风
吹散腾空的疼痛
像从眼前的树上
扯下一朵幻想的花朵

我达到了自己的最高境界
——寂静深处的自我救赎

19

我再次压低抬起的脚
不再发出声音　如同一只黑色的鸟
在倦沉的洞穴里
栖息　仿佛
面对岩脊下的陡峭山坡
以及了解的全部生活
倾听自己

轻得不能再轻的呼吸

20

黑色的夜变成椭圆形的物体
月亮如同物体上冒出的一个水泡
悬空着　在微微下坠

我在消失了光的空穴里
鞋子和肢体脱开了联系
响起的回声　仅是
漫长的一次耳鸣

第二辑

感应磁场

空杯子

我的喉咙因江南的水而口渴
我常常用清澈的眼睛　面对
熟悉的杯子　一只
真实的空杯子
每滴水的幻觉使我的颈子蜷曲

另一方面　一瓶纯净水
从遥远的雪山或轻盈的岩麓
如同绝世的琼液
　　　　　渗透我的生命
使我的喉咙　躯体和心脏
一再侥幸生存

现在梦在剥离江南水域的光泽
那些湖泊与河流　面对
空杯子　时间
在杯内变黄
颈动脉在后脑砰砰跳动

书　签

在词语中梦游的书签
在一篇名叫故居的散文唇边
闪现　皱了的茎脉
或眉头
　　　　　隐匿已久的叶子
出来透一透空气

故居消失于一片苔藓之中
书签的每一分钟埋在多年的书页里
每日相伴的词语或妙语
变得空泛　渐渐
失去反应
而一次次停顿的唠叨或陈词滥调
出现怪诞局面
记忆丧失
许多原本亲切的怀抱
　　　　　　　　　敏锐的神经
陷入了困窘和麻木

书签的草叶之脸

浸染了霉味　在褪色的光中变得干燥
它已感到了厌倦
　　　　看到故居的门外
有更湿润的光线正在经过

自己的格言

以一日的黎明
迎来满天星斗的夜色

咬一枚坚果
焦煳的味道从入口开始
点燃每根神经

别回头看　前面的问题
许多苦　一根尖刺总会穿透时钟
时针慢慢前移
跋涉荒漠

在云雾里　踮起小心翼翼的脚尖
从苔藓上走过　走向
更深的深处

更多孤独　诗悬挂在一张纸上
天空清冷无云　这才是
真正发现的意义

这样对着烟灰冥想苦想
渐渐闻到了一支香的气息
穿透了沧桑

自己的格言　是让一切清晰起来
又在轮廓中丢下渴望的形状

梦

昨夜　凌晨
我在天涯的海波上航行
在天空灰暗时悄悄上岸
我靠近一处独立的房屋或沉默
头顶依然是天空

刚才航行的深度
已深过大海的咸涩
现在清净的空气滑过皮肤从耳畔吹过
我开始与房屋并肩向前
一群鸟从斜面飞来
点击了树林的天际

而身后跟着的河流依然追赶我
转过身　浪花变成密集的云
目眩的瞬间　光从窗口醒来
新的一天的朝霞
装饰了我说话的枕头

群　醉

这酒在轮流的歌声里飞洒
在更扩大的空间　每个人随云而飘
又一点点升高　在天花板下飞行
生死一辈子的拥抱
把自己的世界和友谊
变成轻飘飘的肉体
和散发着热的沉甸甸灵魂

直至最后一滴酒坠落　灯光熄灭
再次哗啦啦地唱歌
各自漂游各自的幻境

擦玻璃的人

擦玻璃的人　提起
居住区的所有楼梯　描绘景色
再把楼梯一层一层斜放

光又尖又细　手指冷冷低语
像飞翔的蝙蝠
用黑色的前额移动玻璃

默默地自我凝视
每扇窗盘旋着天空一角
不失分寸地点缀一点色彩

陌生房间的陌生镜子
每天同样的脸庞　数点着
每天不一样的白发

缸里的金鱼

你在水波的白沙上
游动　把玻璃缠绕出一种声音
宽大的四叶尾摆出娓娓的水纹

被很大空间分割的水面
此刻在一点点的水里养自己的生活
用小小的嘴呼吸透亮的想象
使更加清晰的水
透过玻璃
摇动我说话的眼睛

有所等待　水色明亮
你几乎碰到我的手指
时光之外　我应懂自己的游动

一只潮湿的猫

仰望呼吸的天空
天空遇见不能言说的星光

凝视身边的小潭
水草如同钟表上　一根
幽暗的时针

我环视左右
渴望有娓娓的声音入耳
只看见一朵柳絮
在透明的灯光里滑行

四周哑寂
一只潮湿的猫在远远看我
身上黏附着干渴

树干投下斑驳的阴影
阴影散发出烘焦的气味

名人故居

进入故居的大门　一棵树
挂着上百年前的时光　霉味
蔓延在四周墙上　青苔从蓄水槽边
滑到脚下的台阶

进入客厅的过道
相随的人　脸蒙上蜘蛛的面纱
残留的一丝微光
各人看不见各自的迷失

进入一个放着古床的房间
屋内紧缩泛黄的安静
窗边写字的桌面
裂痕填塞着晦暗灯光

故居里一个隐身的人
摘下老式的圆片眼镜　孤独
在我们的言语中
没有一丝笑容

失　眠

在最深的眼睛里　午夜
起了雾　翻动所有的姿势
黑色幻觉
穿透结实的墙壁
房间像在经过重重岁月

现在我左边的天缩在一格窗内
薄雾朦胧　涂了一层
秋天的冷光
右边的地上
一双迷失或磨坏的鞋子
从床脚边
默默地踩上晦暗不明的云烟

脑袋昏昏沉沉　老了许多的年纪
像只蜘蛛在网里兜着圈子
在思绪里盘旋

这难以摆脱的纷杂和缠绕
醒着的脑子

从回溯开始

到新的一天计划和设计

直至选择与愿望的不断循环

试想弥留之际的时刻

当我的窗有了皱纹的眼皮
时间又一次嘀嗒　四周空寂
没有震荡的回响

当我一个人在影子里张望
葡萄藤的卷须　从窗台边擦过
白白的光越过了头顶

当我听不到时钟的嘀嗒
发现黄昏的天空　已被
太阳熏得漆黑

夜缩小起来
椅子上的靠垫滑到脚边
我全身的神经锁住了垂下的手指

弥留之际的时刻
初春或冬夜　日子开始瞌睡
眼睑中闪出一个尖锐的焦点

一个有经验的人

日子在玻璃上移动
它反射光芒　使过去的时光
泛起记忆和微笑

我习惯把自己的灵魂
挂在脊柱上行走　渴望清晨完美
渴望任何一处生存场合
不管晴朗　还是
阴天
都能碰到
有着热量的身体

我从不记住烟云的气息
每一次把烟云吸进肺里的时候
我只在诗中咳嗽

当所有往事变成无关自己的目录
甚至留空
我也不会想到它比麻木更白

一个有经验的人
对着窗　凝望相同的山峦和苍茫
呼吸就有了天空

壕 沟

这个秋天我又一次挖深
额头上的壕沟　用稀疏的头发
掩饰眼睛　在动静的声息里
观察着
四周变化的灵魂和世界

目标像灰一样轻盈
在额前飘忽　在寒冷的天气里
吸进尘土
接近沙砾丛生的荒野
视网膜上的斑点　像是
一颗飞弧的星光

纵横的壕沟掩没了脸庞
过去漫长的生活　如同脚边
萎缩的青草
在蜷缩中　在一切终结的秋天
我一次再次拆散骨架
隐蔽好自己一根根骨头

在旷野走动

午夜时分　在旷野
慢慢走动　风伸出流转的冰刀
滑过黑色的沙粒
磨刮我的脸

眼睛搜索到一点忽隐忽现的光
树丛掩盖　如同朦胧的一枚钉子
锲在深不见底的远方
静静地
熬着深夜

旷野躺卧在尖叫的风中
身边的树如一只只藤球
拼命地弹跳

狗在吠叫
我平时想到的凛冽已经出现
荒凉的嘘声
刀锋在夜的黑石上
发出嚯嚯的响音

扁平的舌头

在寒冷的季节
我的手拢起一口温暖的哈气
暂时稳定的情绪　感到舌头动了一下
那些经历过的沉默
吞没了空间的光

穿过雾气　也许一辈子的心思
全都凝聚在发黑的眉头
不能言说的表达
变成了嘴中胆汁的滋味

唏嘘在空气中弥散
我头脑中的天窗移去了最后的云彩
所谓人生经验　是忍住
想说的话
把变浅的性情
穿过冷却的血管

我听不见自己的心跳
血液缓慢循环　扁平的舌头
只是一片
湿漉漉的静止树叶

冬日里的一壶茶水

冬日里的一壶茶水
搁在低低的阳台　这壶茶

喝了几口　被最外面的事情
荒废已久　茶片沉了下去
变深的色泽　光阴如釉

雪花密集地落上头顶
窗前的树　掏空所有叶子
枝杈在蜷曲

门前的鞋履一片糊状
茶壶的内壁
留下一圈黏稠稠的水痕

茶片淤积在壶底
我焦渴的唇　喉咙坐在颌骨上
一壶茶变成一种内心的苦涩

而我的身体　斜靠在椅子里
如同一根折断的树枝

眼睛里的星光

在一颗黄昏的星中回家
脱掉外套　穿上没有烟味的织物
星光中的一些意象
在窗前出没
肺腑在月亮的语言中变蓝

我如一只自若的猫
一反僵滞姿态　在洁白的墙前
闲散地变换
柔软或可记录的影子

瞬间感觉

一座院子的光线盘曲体内
线团变成拉扯后的线段　一片凌乱
缠着泛白的气息

走出院子　肺脏里的天空
飘出透亮的云　云雀
升到秋日的天空

地面出现柔软的弹性
我从此丢下的事情　如同吐出的
烟圈　变成消瘦的味道

斜过一条宽阔的马路
回望院内的窗户　光线的结
依然在网状里不停地交织

夜晚的楼宅

夜的城市楼宅
拉开一层层幽暗的抽屉
那些内心的窗口
光像钟表上的指针
两片薄薄的窗帘　嘴唇一样
轻轻合拢

那些黑斑一样的窗　如同结痂
在夜的脊背上
加厚僵止的颜色

而遗忘在晾绳上的衣服
吹动夜风　被天空轻飘飘地翻飞
看不见的躯体
摇曳着每一寸肌肉
像城市的猫
在一朵看不见的漩涡中扭动

一块沉在水底的石头

石头沉在水底　没有动静
上面的气泡　像鱼的眼睛闪动
向四周游弋远去

石头隐在宁静的深处
簌簌响的暗影漫过每一缕波纹
许多折痕
如同断断续续的无限日子
每一秒的递进
斑斑光阴
色调像醒与梦之间的场景
发绿
发紫
发褐
一个圆圈
穿过另一个圆圈

一道楔形的光芒投射到石头上
石头在幽暗的水藻丛中
变得愈加深隽

在过道里

这是令人渴望和疲倦的场所
每天的意志在固执地疾驰
飘起烟的颜色

每个早晨都有目标的形状
每个夜晚　灰扑扑的影子
叠起规则的尺寸

方向在延伸　每个人的思想
在接近中意外分离
在孤独的单纯中变得诡谲

脚步穿过白色的过道
一天或无数天的寂静
声波敲击着记忆的回响

这多面体的空间
布满没有人的人影　牙齿咬合
飘起无数白色的衬衣

街灯的号码

一座弯着腰的街灯
编码跟我的年龄完全一样
沾满灰尘　站在路的深处

思维斑斑驳驳
现实如同一根变形的脊椎
弧线从背胛上滑了下来

进入薄暮　我用自己的影子
在光的面前
做成一株飘零的植物

草和我长到一起
偶尔落在肩头上的鸟　一声啼鸣
锈屑变成了一堆黏土

在一座喷泉的存留之处

夜已降临　一只麻雀
栖在一座喷泉边变得黝黑
多色的灯光倏然飞逝
水被夜空
吸进潮湿的苔藓

一座喷泉突然停止了涌动
四周不见人影　没有光的气息
记忆中的雪白月亮
在卷起的浮云中时隐时现
过去的星星
被黏糊糊的落叶覆盖

时间越过肩膀
现在的耳蜗一片寂静
如同一个浅坑　填满声音的痕迹
黝黑的麻雀
羽毛黝黑地蓬松　像粒
开裂的果子

穿过隧道

隧道的远端露出一小圈光亮
如白昼的另一种颜色
我的眼睛在晕眩

风呼呼地扑倒身上　我在隧道内部
肉体与烟尘融化
像在暗中扑翅的飞鸟

抽象的单独穿越
空间越来越黑　许多难忘的事情
伴随许多人的身体飘浮

潮湿的冷气侵入肝和心脏
几分有意义的幻象
露出一块块路程标牌

现在我从光中出现　隧道消失
地面好像陷了下去
四周有种令人窒息的静

夜晚无梦

夜晚无梦　只有体外的时针掠过
当窗外鸟鸣　眼睛睁开
天亮了

回到这个清晨　不再匆忙穿越
过往途径　万物已经肃静
时间在鞋里一动不动

走过漩涡的脚
柔软地搁在雪白的床单上
镀着一层厚厚的光亮

目光缓慢移动
光线读出的词汇在天花板上换行
咕哝了一句转折的话

片刻之间　我或大或小的空间
整个身心的感应
看到了一朵闲荡的云彩

从此开始

在碎石的路上行走
两边的杂草沿着黄昏奔跑
灌木流淌出的枝杈
叶片凋落
风在簌簌响动

我的影子是夕阳的啄痕
脑中飘浮的云　仿佛越过了膨胀的天空
喜欢和不喜欢的事情
变得陈旧过时
如同树梢上跳上跳下的麻雀
瞬间散去
留下辽阔的阒寂

碎石一粒粒饱经风霜
我的道路出现心和灵魂的走向
深处的场景
夕阳下降一度
我就在光中更深一层隐匿
直至抵达黑夜的核心

回眸一望

回眸一望
有种熟悉的微光
在几十年的场合里出现

那些关系密切的脸
淡进淡出　在分辨出面孔的时候
遗忘的名字在唇齿间颤动
绷紧的线路
同往事混在一起

瞬间几百个人或更多人的心脏
淹没了我心脏的跳动
仿佛树群的飒飒和鸟鸣
在集体的掌声中
融化

我在这虚幻的一刻重现
在淡灰色的背景里　伸出
寒暄的手

回眸一望　间隔的距离
蒙着白纸一样的沉寂

私人空间

三月中旬　树枝开始变粗
词语和意义
在肺的小屋生长

鸟在躲闪坚硬的墙角
窗子上的黄昏
飘进安静的茶杯

茶片几沉几浮
另一种沉默在悄悄触底
时间回到一张最初的纸上

话开始充沛起来
变迁的一生事情
慢慢从液体的空气里经过

先是愉悦
接着沉郁
最后是一种精准的感觉

三月中旬形成私人空间
我聪明的双手
拨弄出了词语的意义

寂静的厚度

小路上灰蒙蒙的脚步
跟在后面　在胸腔里回响
孤单单的街灯
浮动暗暗的心事
树影
使大脑的思维一片散乱

夜的动静延续在回家的路上
衣服的褶边掀起斜吹过来的风
一瞬即过的落寞
如同荒草
在眼角边飘忽

太阳穴颤动　喉咙变得干燥
一根肌腱的嘎吱声响
变动骨骼位置
如同一把念了咒的尺子
把脚步里的寂静
测出了三分厚度

衰老的迹象

减弱对衣着的专注
我发现了自己的衰老迹象

就像河面上的天空
树枝散尽落叶　显现的空旷
变成不是季节的荒凉
倒影
连接着发黑的身体

如同一滴惊心的雨
落在脸上或头发里
响出致命一击的震颤

这衰老的迹象
正从局部快速地向全身蔓延

而一个朦胧的影子
坐在一把更为朦胧的椅子里
另一种低沉
留出了越来越大的空间

等待着

被更强烈的黑暗碰触

在时间面前

我的时间从早晨开始奔跑
午后喘着粗气
现在黄昏
如同树枝上蠕动的虫
一副没有任何操心的模样

血液第一次这么缓慢流淌
肌肉在遗忘绷紧的节奏
发皱的皮肤
挑出一缕走散的阴影
找不到经过的欲望和兴趣
以致拧一拧皮肤
反应失去了知觉

一闪而过的具体经历
往昔的行踪　变得模糊不清
像我手腕上的钟表
若有所思
掉了指针

蝴蝶上的手指

看见一只蝴蝶像一朵花瓣

被蛆虫攻击　或涂抹出

污渍一样的斑痕

我发现琢磨它的凉风

正从微弱的呼吸上吹过

羽翅瑟瑟发抖

蝴蝶被充满兴趣的手指

随意捏弄　浓重的空气

湿透了我的骨头

生活总有一种不对称的侵扰

像摆弄蝴蝶一样灵活

那么习惯和简单

在匆匆而过的时刻里

每天躯体的痛苦和喜悦
是影与光的变幻
集合起的词语　在一种渴望里
凝成笔下的光点
却在纸的桌上站立不动

一些可靠的意识瞬间变得朦胧
虚幻的色彩逆变成摇曳的思绪
流逝而过的一个个片段
心脏出现缺跳
恍惚的状态
椅子瘫软下去
黑洞洞的嘴巴
缺失了几颗咀嚼的牙齿

日子在每天诞生
我在等待新的一天的灵感和脉络
从一个借口向另一个借口
匆匆而过

黑 夜

山峦转成墨黑　月光
飘在沼泽地上　如同抽象的信号
给一片冷寂的旷野
虚假的晴空

空气中歇在山峦上的树林
摇动着原始的树梢
风和鸟禽
在朝我站立的地方
说出
我背后的灯光和生活

我回过头去　连绵的房子
坐在苔藓与绿草的垫子上
突然涌出的乌云
贴着屋檐
响起
越来越快的滴答雨声

看一张报纸的标题

一张报纸的标题
跳过三天　再在一百天后细读
其中意味　原来
有种审慎的低语

读了许多世事　经历太多
动人的过程　结局从不动人
就像绿色的沼泽地上的水汽
侵入最后的小屋
桌上的雾湿
泛出一片白白的光泽

光线不断变化　在报纸上划过
我迫切和期待的每日新闻
过了几十年　回到眼前
标题依然醒目
只是每一个字的间隔
变成辽阔的疏离
像我
在一条路上做完清醒的梦

暮色的霉味

暮色中　褪色的蕨类植物
涂上厚厚的霉味　墨绿暗黑
矮树篱上的叶子
一缕阳光跳动
落到草地

灰白的云衰老　被夕阳吹远
绿荫中飞来的蝴蝶
翼膜上的小黑点如同霉斑
贴在阴湿的石头上
变成透绿的青苔

青蛙依然在发出喝水的叫嚷
舌音绕着水面旋转
鼓胀的肚皮　沉沉地
压低了草叶

我偏爱这个暮色
偏爱嗅到黄昏的霉味

飘远的河流

弯曲的河流扯过最后一个浅滩
我宽大的前额上
皱纹松弛

没有脸庞　没有头发
尖锐的光线梳齿　在头皮上
滑向脑袋背后

多少年莫名等待的悲戚　终于
进入眼睛　拐弯处消失的一切
带走了脑袋里的泡沫
而水滩上裸露的卵石
只生荒草
在忍不住地发笑

河流从沙沙响的风中飘远
天空留下一缕淡淡的水印

暮色突然降临

云层覆盖下午四点的明亮
暮色突然降临　变深的光线
带着一种绝对的高度
落到地上

我像只瞬间收拢翅膀的蝴蝶
从草尖歇到台阶的边缘
变成黑色斑点

更像一个角色卸下所有台词
日与夜　离开耀眼灯光或舞台
奔下了一脸倦容

黄昏难以辨认地迅速出现
我在门庭外的一棵树下
听到寂静流淌的声音

没有什么过去
全部的色彩和归宿
以及巨大的云烟变化
变成了我一道闭合的唇线

在黄昏的水边

夕阳抖动　在低低行走
我眼前的水面出现更多的光点
使得黄昏有点迷乱

这些水里的火花　泛出
青蛙般的光泽　没有一粒沉入水中
如同我最近的一些记忆
在脑海里浮动
经过拥来挤去的
宽度和深度

此刻我像青苔一样端坐岸边
用一秒很细的钟
穿过下一秒光的针眼
抬头一望
天空的云已被清理干净

头发被风吹向一边

我长长的灰白头发
被风吹向一边　离开大道
偏入蜿蜒的山路
那里　绿荫荫的光斑闪烁
树影静寂

所有疏远的景致返回身边
草丛在漫不经心地走动
一声灵敏的鸟鸣
脑袋变得清澈
悠然的话语
如同几朵山谷里的云
为每一片经过的池塘动了感情

拾起石子　我花很长的时间打磨
用一种对生活的了解
改变它的光亮和形状

灰白色的头发飘在幽静的山林
融合了绿色、红色和紫色

我靠在岩壁上
回头一望
一棵松树像在攀岩
而我闻到了泥土清新的气息

在黄昏的窗边

某些黄昏总有一束很强的光
透过一扇窗子　让我全身
变得通红

我总会拿起一块镜子
把光束反射到对面的楼房
给那里的玻璃一点热的问候

飞过的鸟　从身边的窗台上
隐入近处的树林
留下湿漉漉的楔形脚印

而一片落叶从树枝上掉落
轻轻干涩的声音
猛烈地震动了神经

眨眼的瞬间　光束消失
变厚或变薄的黄昏　总会发出
沙沙声响　弄乱我的头发

回　家

回到家　傍晚的月亮
跟着我的灯光　挂到天花板上
树林像合拢的扇子
留在外面

胡须围住了我的嘴
所有被动物一样窥视的碎语
平静地伴着一口茶
咽入肚里

增多的疼痛　减少了快乐
脑子里留存的一系列事情和人
习惯地用正面
或反面
给自己一个深度的微笑

衣帽架上的衣帽　在小屋的灯光里
它是一个没有仇恨和心颤的
真人

夜在深入

我在桌上以分解的方式

正常生活　从一首诗的气息中

透析自己的灵魂

噩 梦

梦中
在僻静的角落
我被细长的绳子捆绑在椅子上
有邪恶或狡黠的目光
落在我的脸上

大声喊叫　牙齿如同一排锯齿
咬破了房屋的寂静

绳子越扣越紧
突然背脊上一个痒疹向四处辐射
如同长着密密纤毛的草虫
在树枝上蠕动

痒点肆意地扩散
如在虚空之间的每一根神经上
荡着秋千　触动了旁边狰狞的笑声

我猛踢椅子一脚　巨大的声响
梦幡然醒来
瞬间不知身在何处

水中的脚印

柳条上的落日　飘在
小溪的波纹上　很清的水底
布满泥泞的脚印

淤泥中残留的这些足迹
如同一种丧失记忆的静止
上面封着一层薄薄的水

几根漂移的细长小草
扯到一群小鱼的嘴
水泡变成一个个虚构的幻影

生命走失
我凝视蒸发了身体的印痕
心跳出现明显的间歇

在夜的低处

在夜的低处　开着白花
四周楼房　垂直地插在尘土中

白花明媚
捅大了黑夜的洞穴

像一束光
在擦亮每一扇窗的玻璃

花瓣上的风
吹动陈年旧事的树枝
掉落了一些记忆

白花栖在黑色的泥土上
如同翅膀
敞开了白昼的意识和知觉

在那里
照亮今晚黑夜

林间的上空

林间的上空
云块与云块的裂缝弯曲狭长
如同巨大的蚜虫
挥舞着
锋利的獠牙

云块很快地交错扣合
隐藏了天空
咬啮的齿状痕迹

好像相互之间熟悉的脸
完成了一次手足之情的拥抱
在大量的空气里
呼吸着
亲昵的风

我闭合我的嘴
舌头上颤动的心脏
碰到了寒冷的牙齿

一个小黑点

一个水很深的区域
连接另一个深不见底的水面
浮动的泡沫　在落日里
越漂越远

波纹一样的风变得轻微
视网膜上的暗黄斑点
像空气中
越来越清晰的粉尘
跳动着　在浑浊的目光里
跟着彩色的雾霭
不停游移

泡沫或斑点在脑子里简单过渡
水面空空荡荡
每一秒　寂静的呼吸
膨胀得悄无声息

在一阵雷雨之后

经历一阵黑蒙蒙的雷雨之后
池塘变得愈加沉静

头顶上的阳光和湛蓝天空
仿佛回到内心　　上面浮动的云
在以一秒一百米的速度上升
在脱离潮湿的灌木
快速地腾空

如同从肉体里飘出的灵魂
去一间更大的空间栖息

僻静令人平静
环境和身体　　如同枝干与树叶
形成了一种幽芳的景象
而这种景象　　又被狗叫打破
像一把锋利的刀
划破了一大块白白的绸布

这时我惊讶地发现
池塘里跳出了条鱼　　鱼在草坡上
张着嘴轻微地呼吸

在所有的深处

几十年前的一个梦中　我在胸口
放上许多钉子　然后举起锤子
敲了下去

几十年后的一个梦里　我将
揳入的钉子拔了起来　黑蛆一样
散落一地

这些曾经震动心脏的东西
锈迹斑斑　再也无法说清时间
和记忆的隐痕

而疙疤或伤口
渊深的疼痛已被我自己蔑视
肺叶里郁结了一片淤泥

在一棵幽暗的树下

在一棵幽暗的树下
雨絮在延续　行人的膝盖
匆匆捡起自己的脚步

凝聚而下的水珠
一滴挂在睫毛上
一滴滑过脖子　后背变得透凉

描绘不清的街道
一层泛滥的光滑或油色
像苔藓上的黏涎

仿佛一切顺时而过的事情
都在从颈边
顺着身子的弧线向下滑去

蒙蒙的雨絮冰冷　或是
习以为常的气息
一个人在一棵僵硬的树下

一潭深涧

在陡峭的山中走完小径
一潭深涧内含忧伤
光线像在伤口上愈合
枝叶覆盖水面　同另一个世界
取得联系　使内在的晴朗
釉色变深

鸟如烟雾中的雨点在摸索地到来
藤蔓远离了繁复的事情
同样来临的蝌蚪
椭圆形影子
融化波纹　使寂静
变成了一种涟漪的细语

幽深的感觉　是接近一潭深涧
再从那里看到天空

静谧栖在透明的绿荫之中
坐在心上　嘴唇滋润一滴露珠
隐匿或者寻找
忽然出现　当一切看见时
云在水面上长出了叶子

豁　口

我巢居的生命正在沦陷
只有一个豁口
可以看到瘦弱的一截山色

天际线横在额前
每一块玻璃上的反光　迷失在
窗户的烟云之中

不见踪影的鸟
用很长的鸣啭探测四周的僻静
尺量白昼的宽度

一座更大的建筑升了起来
堵住透气的天体
城市再次挤压了一下我的心脏

空间注定都会消失
闷热的光斑　如同喉咙里
长出的变黑肿块

空白的纸

用日志的方式记载每天事情
几十年方向的滋味和波动
把它咀嚼　又吐了出来

岁月猝然风化
纸上的字迹变得模糊　目光
呆滞涣散

那些缠萦的时间和事情
同事或相关的联系
松弛　拉紧　而后扯断

不断循环的形态
一半一半地沉寂　回头一望
每个字都在风中消失

纸片折叠起来
缩小的轮廓不再重要
如同一小块多层的干冰

稀疏的头发垂下
空气变得湿冷　　一生的时间
变成了令人窒息的白色

塑料花

多云天气
鸟离开树丛　在傍晚的气温里
从一座建筑物的屋脊
滑向黄昏的草地

清理完一世的事务　我把一支塑料花
插进窗台上的花瓶　洒上
几滴冰清的水
嗅了一嗅
花瓣上的烟味和斑纹
在呼吸中穿过大脑
一个半明半暗结束的时期或日子
让我看到我自己
窗外秋雾凄迷
云烟已将熄灭

走出一扇门　进入电梯
在电视渲染和着色的空间
直线下降

仰望悬空的黑夜和重要的事情

嘴唇彻底静止　卑微地

塑料花

同熏黑的大楼一起直入云霄

早　晨

晨光透进眼睑　窗帘
变了颜色　折皱有了天亮的轮廓

肌肉缓慢地伸展
肢体不再慌乱　不再挤压时间
漂游的每一根神经
用修正的姿态
转动磨损的颈脖

窗外雄赳赳的太阳冲向屋脊
光线像一片直立的树林
我稳定的魂魄
如同两个瞳孔里的细小指针
在懒洋洋地移动

我在光里躺着
枕边一根黑发闪出清醒的色泽
像要跃起
又镇静地卧着一动不动

冬天的黄昏

朔风砭骨　我站在窗旁
眼前的房屋鳞次栉比
街道像楼房砌出来的一道深沟
投下的立方体阴影
变成碎片

太阳藏在云层后面
鸟雀飞过　天色更深地暗了下来
一个寂静的窗口
跟观望的远处有着空想的距离
自言自语中
心灵里长出的白发
在轻飘飘的脑袋上
正在上升

窗台上的雨渍
如同鸟雀落下的爪痕
让我感到　夜色正在滚滚而来
枯死的盆栽植物　夹带着
铁青色的月色
融化了一切刻板和有想法的东西

一杯茶水

茶叶贴在水底　褪了
一半绿色　纤细的绒毛
漂浮着　玻璃杯冰凉

无味的气息　清空了意蕴
如同隔世的往事少了滋味
色调变得昏黑

这种令人发怵的沉静
恻隐像是一次弯腰凝视
有了片刻的惆怅

悄悄生锈的一杯茶水
时光沉入　喉咙突然干渴
嘴里说不出话来

在高楼上凝视

窗外的四季重复循环
街道如同一根手指
模型似的汽车　像涂着颜色的指甲
在私人主观的臆念中
弯曲和伸直

光的炽热或指甲的音色
描摹着两边楼房喷射的景色
积尘或太多的油腻
移过用玻璃纸做成的护甲
如同内心的秘密
从不停息

头颅在各种颜色纷飞中默不出声
眼睛里分泌出来的人影和指甲
飞掠而过　跷动的脚趾
替代生动的细节
重复地讲述
每天隐隐所发生的一切

透视镜

从透视镜中凝视一个人
十公里或更远的距离　拉到眼前
猫脸清晰
舌头如同一条洗白的苔藓
从阴暗的墙角露了出来

紊乱的内脏滋滋地闪着暗光
肺瓣上恶臭气息　透过喉咙
变成生造出来的风和雨
剧毒的唾沫　粘在
舌尖上　搜索着
菊花和竹的影子

还以一朵羞怯怯的笑容装饰表情
藏着残忍的尖利牙齿

透视镜缓慢地凝结时刻
死寂的距离　超出了一切
破坏性的痛苦

空间现象

麻雀在树丛里穿梭
鸽子在鸽笼与远方之间飞行
鸥鸟在空无一人的水面上盘旋
——发出低沉的喊叫　如同
愧悔的灵魂
这是鸟的生活或日子
这是一个人经过那些鸟类时
清理出的空间现象
风　天空　低矮的草木
都在眼前变化

每一类鸟闪出一束自我的弧光
从头顶　不留痕迹地消失
我这样看着天空
我又看见了自己

落日的呼吸

西沉的太阳耀眼　悬浮
在一条河的上空　如同钟
天空布满了尘埃　我抽的烟
光点闪烁　烟雾
在肺脏里缭绕

身体像烘干的纸片
思绪在一片云的飞舞中
形成散乱的拼图
飞禽落魄　花枝萎蔫飘零
痛苦和增厚的忧郁
抬起没有一声低吟的脑袋

薄暮轻轻放在眼里
河面上移动的涟漪变得模糊
我猛吸一支烟的烟尾
在最后的光中
抖落了烟灰

寂然的形态

头微微低下　像从滑梯上下滑
梦想和回忆落在寂然的无人之地
如同变白的尘土

滑梯上擦热的体温
柔和的光泽吹散在风里

掠过的嘈杂和空间
头发一根根伏在前额
腿上曲张的静脉
迅速听到
软骨关节散开的声响

仰面朝天　唯一转动的眼睛
看到光线还在行走　在相互离别
风中瑟瑟的树影
移过
我的身体

而一簇一簇的旧事
浓密地飘动　如同荒丘上
摊晒的蓬松干草

废墟里的夜晚

弃置的墙裸露着骸骨
狗和猫　在携带自己的回声
悄悄地出没

碎砖静止　瓦片如同失忆的贝壳
骑在墙头上的野草
开着花朵　摇曳着瘦弱的芳香
穿了一件月色的衣服

蜘蛛扭动着细长的脚
在变形的门框内
虚构着冷白色的吊床

寂静像旋涡一样扑了过来
身边的树每一秒掉落一张叶子
窒息的空气泛黄
浓浓地笼罩
大门　人行道和天空

在傍晚的过程中

弯曲小路　穿过一个傍晚
冒出的烟雾　同思绪中的灌木
连在一起

影子在面前移动
如同丢在地上的黑色树枝
折断了肢体
夜空中暗蓝色的星星
凝视的时候　那些以往的心颤
变成加上密码的微笑
在恍惚中缄默

烟雾飘过瞬间的骨骼
挤入心跳的间歇　像在用手
触摸一块鲜亮的苔藓

小路不断地在眼里延伸
脑袋里想过的每件事情
在纠缠　在继续忘记

试想一个末日

那一天　天空或许晴朗

我的睫毛下垂　似睡非睡的困乏

眼睛模糊　头顶上的时钟

在一个黑洞里

响着陌生的声音

那一天　天空或许阴沉

门缝一缕光线　区分开了

房子的里面和外面

竖着的耳穴　在沉甸甸的脑袋上

布满无力的蜂鸣

那一天　天空或许下雨

屋檐上的水滴　喘着忽缓忽急的气息

飘在幽暗的风里

丧失的听觉　静寂

爬满了四周的墙壁

那一天　地面肯定干燥多尘

眼里越来越多的幻觉　看到

天空拿着一束鲜花

放在我的胸口　然后

含笑地说了一句祝福的话

第三辑

穿透寂静

倒　影

金子垒出的雪山
在很远很远的天边　只有
很少很少的人抚摸过那里的石块

倒影荡漾着蔓草飘动的水波
融合金黄色的光点
聚拢了我们恍惚的目光

这个颠倒过来又颠倒的世界
终于使我们清寒的手指　有了
浸染的喜悦和吃惊的时刻

等待日出

白雪覆盖　山峰蓄着连鬓的胡须
天空出现碧蓝的回声
鸟的翅膀　拍动
绿草和野花

这些雪的细小喷泉
使我们喜爱这里的空气　使我们
躺在那里　日出的光
融化一层层滑过的云
变成风　群山和洁净的晨曦
响出地平线
隐约醒来的声音

高原和勃勃的生气诞生
一次突然闪光　宁静咯噔一下
舌头在软腭下　尝到了
第一缕草色的滋味

雪山如同一团白色的火焰
峰峦的火苗尖锐　光线
触及了硬硬的胡茬

羌　塘

山是从前的山
水是每日每刻新的水
沼泽　戈壁　草原以及湖泊
光线在道路迷离中
穿透寂静

鹰从天堂飞来　以眼神盘旋
远处的野生动物　那些
羚羊和牦牛　走过心灵
变成永远不变的永恒
姿态形成灵魂
在最隐秘的地方
使我们浑浊的目光
一再肯定这最纯粹的时刻

高原的北方高地　山脉
如同一架架巨大的钢琴
表演着风和秋色的自然感觉

轻盈的草地

仿佛是放在蓝天上的一片树叶

而那些悬垂的光柱

像是一根根挺拔的树干

宿　夜

像飞鸟一样进入山谷
在感觉的流动中翘起脑袋

一片杉林留下一个印象
几座杉林敞开　吮吸炊烟
村落的纹理伸到了溪边

舒缓地呼吸　黄昏在树梢上
移动或净化
暮霭变成清澈的气息

密集起来的房子　窗户吐出的
灯光　如同一把星星
撒在浓郁的空气里

凉爽的犬吠
绕着脚边奔跑
金黄的颜色停在了一个墙边

宿夜大院　整洁擦亮了玻璃
阳台上涂着鲜亮的色彩

雪　线

冰川的雪线　退向
世界闻名的江河起源　岩脊裸露
干冷的风吹红了我的眼睛

冰晶的光芒　从雪峰上坠落
如同一只鹰的眼睛
在天空消融或者枯萎

而褶层上的雪
疤结皱缩　飞扬的沙砾
泄露了万年时光的焦虑

到处是滚动的闪点
如同一只下山的母狮　忙乱的爪
在径直地冲向我们

仰　视

雪山来自佛陀的天国

穿着金色的袈裟　站在眼前

那些缝缀而成的碎块

从幻境中突出颜色的细节

梵天之福

变成新鲜的洁净空气

滑动着光的水滴

雪山眼睫湿润　点了点头

一只肩膀微微震颤　仿佛

眼前的宁静　触及了

一双黑色的瞳孔

突起的肋骨和温暖的脖子

视线

一再碰到了耀眼的视线

一呼一吸

脸上放走血色

密扎扎的光像一层厚厚的白发

淹没了看不见的烟缕和飞蛾

所有仰视的目光
好像都已简化自己的形体
转世或者重生

白　马

一朵云像一匹白马落到草地
在草覆盖的柔软沙子上
响起嘚嘚的蹄声

白马朝我奔来
悬空的磷光　躯干和后仰的头
同大气融为一体

嘶鸣一声　鬃毛
连着肉体和生命的形状
飞过身边
大眼睛发亮　鼻息抖落
耳朵如同卷成筒形的弯月
回旋着风的呼啸

白马的左蹄碰到一座小山
右蹄收起　好像还在飞翔

一道出现的雪光
永恒奔跑的草地　变成
宽阔的天空

从一个寺庙到另一个寺庙

一千七百八十座寺庙
形成精神的天空　十万七千个僧人
如同浓密的星辰

每座寺庙的每个日子
日出携带着一个世界的祈祷
日落带回另一个世界的唱颂

日复一日　油灯默不出声
暗黑中凋落的光芒
升起信仰的高山

峰回路转　梵香丝丝缕缕
呢喃穿透的嶙峋峭壁
落下了一块块暗黑的石头

一种景象
一片回声
一千万只手合上了聚拢的目光

从一个寺庙到另一个寺庙
土壤里的野生植物
开满芳香和馥郁的小花

小　憩

一顶帐篷坐落在草地上
在河边　像是历史的遗迹

帐帘被下午的风撩开
透入的光　变成一盏油灯
圣像慈善
在头顶一片澄蓝色的画框里
朝我微笑

如同佛陀
呼吸着神秘气息
有种轻柔的节奏和轻轻的颤动

奶酪布里的奶粒
万物之母　在一边的桌子上
同一些日常生活用品一起
释放出闪耀的热量

炉子里晒干的泥炭熠熠燃烧
帐内流动的光线
照亮了一个小憩的人

雪域小巷

靠在窗边　玛吉阿米的声音
如同珊瑚上的细细纹路
让我看到幽曲小径

想起过去的布达拉宫
酥油灯光线　在镜子里
掠过一张空空的床铺

白雪日复一日
覆盖遮暗的小窗　融化的水
又结成了杯里的冰晶

而窗外凝固的群山
如同压低的心脏　云的缝隙
伸出了太多的头和眼睛

小巷静默
一只蝴蝶又白又薄的翅膀
瞬间出现　很快消失

藏　语

在光线的门外　藏语
如同一块空灵的深色玛瑙
雪魂的气息浮起　手势的
文字形体　让我
听到许多河流汇集的声音

问候或祝福
路的指向或经幡的远方
群山从缭绕的雾中透了出来

而我像块形成涟漪的石头
在一圈一圈的波纹里停了很长时间
内心的时空　飘过水面
像一个湖
向着心灵的光移动

傍　晚

像靛蓝色的平滑玻璃
很白的云　贴着低低的天空
沾湿我的头发

光柱如同草地上生长的植物
许多云影　覆盖移动的小丘
在绿色的风中呼吸

风铃草和矢车菊
花朵催动花朵　纷呈出
一大片渴望的细小光泽

我喉咙里通过的空气
浸透两片肺叶　黄昏的视觉
刹那间又有了更多的变幻

清晨的牧场

清晨的牧场
草寂静　繁衍的气息
在四周冉冉飘移

氧气从草尖上升起
空气清澈　飘过一个时辰的云
出现一只靠近的羚羊

柔软的举止
身姿和头牵动着一缕光芒
经过隔世的平静时光

像在大地的第一个清晨
所有美的构想
回到了翩然的过去

草碧青如洗
蝴蝶飞过来　地平线上的小山
像是翅膀上的光中斑点

瞬间印象

在河左边的高高岸上
一个直立的藏族男人　头顶变黑的云
像撑开的伞　健康的黝黑
使他年轻

头发浓密
眼睛有种眺望的明亮

匀称的比例
肢体像粗壮的树枝
在抖落忽闪的沙尘

收紧的贴身衬衣
透出胸和臂膀的肌肉
形成了飕飕的风声

高高的河边岸上
一个藏族男人仰着头凝视雷电
这个时刻　鸟群飞过
进入了树林

天降大雪

冬天的草地深处

天降大雪　从门楣上散开的灯光

把变白的栏栅

垒出一垛雪墙

隔开无边无际的黑夜

风越吹越紧　栖息之处

超脱时间和空间　断了一切联系

体验中的时光

屋内的钟在梦中行走

变成一种万籁无声的通道

直抵最荒僻的地点

当远远的山峦浮出曦光

早晨被雪叫醒　停下的一切

寒冷的感觉洁白

一只足迹

留在广袤的空空荡荡原野

九点钟以后

再次走上最高海拔上的小山
一座骨感的寺庙　孤零零的
保持着沉思的表情

早晨九点钟的光线开始坚硬
我柔软的目光　谨慎地
抵达照亮的台阶

缕缕香雾如同重新开始的生活
寺内透出来的灯光
照红了门边的僧袍

默默进入　所有目睹的时间
没有什么编织的幻想
只有重归一切的寂静

鹰

鹰在盘旋　在内心降下高度
我闻到了翅膀上的气息
看到嘴喙
从颅骨里伸出的啸声
羽毛翻动着胸脯上的肋骨

如同带刺的花朵
耙开阳光斑驳的浮云
哜哜的啼鸣　充满苍茫和孤绝
无数多风的山口或荒野
以及岩脊和悬崖
在翅上
留下汹涌的迹痕

天涯变成忽远忽近的呼吸
所有掠过的花卉和叶子
滋生出疲惫感觉
波光似剑
沙子弄痛眼睛
那些飞掠而过的雪光

阴影长出藤蔓
低低的世界　结出一层
厚厚的硬壳

我和鹰的目光相遇
荒凉山谷里的天空或云影
停顿了一秒钟的时光

崖上的古松

古松卷起云丝　在崖边
站住脚　估算天堑的深度
收紧岩缝里的泥土

风在峭壁上发出噪音
又嘘嘘地掉落
变成坡上一块块零散的石头

鸟雀急剧地上升
在慌张的天空里快速下降
一朵雪花在古松的针叶上微笑

日光锤击
月色恐惧
四周空间像是一片孤独的广场

古松的虬枝
从苍老的身体里伸出
抱住悬崖　俯视黑暗的宁静

彝 语

像深山里明亮的鱼　彝语
成群涌出溪流
口唇和拖起的音调
在街上出没
试探性的问语
手势上一片云雾

彝语的话来回往复
更新的每一种感觉　蜀韵彝风
浓烈山野的气味
连同凉爽
催促着我
穿过古城　小黑箐　黄柏乡
在安静僻远的山坡
学会一句日常用语

舌头触摸这种新鲜的话语
艾香和酒的浸润
灵魂从皮肤的毛孔中溢出
空气中叮叮当当的音调
充满了水
和温情

去会理

大山成为一种旋转的盘轴
我成为山的心脏
每一格忽闪的窗景　不停地
在辽阔的空间
收紧或放松

那些山如同空中无形的袖子
挥舞之余　夏天从时光中消失
扑来的清凉
甩干一路洒落的江南闷湿
云烟过眼
很近很远的会理
已在一处山谷里踌躇

会理的灯像突然掰开的石榴
密集地撒满平整的洼地
一个世纪又一个世纪的古城
在增强的光中
从我眼前
闪出黑夜的白昼

五官屯

五官屯歇在城市最近的坡上
五姓的大宅和大院　如同
从稠黏的泥中伸出的一只手掌
沾着过去的稻草
粗糙或原始的形态
倾斜地冲向
一座叫作土包的山

千年光景　五个姓氏
在山坡上缓慢地生长和繁衍
泥块垒起的房屋　如同
空空的暗黑泥罐
除了新的几缕阳光之外
一切像丢失的碎片
潜在山坡的树丛中

我看见的这蜷缩泥屋
周边躺满了坟墓　燃尽的纸钱
时光变得愈加虚无
而那有了美丽房子的村路
在加快靠近移动的城市

安宁河谷

卵石在安宁河谷响着
水在激活不断更新的光点
裸露出的河滩
那里有棵
枝条撩动脊背的树

安宁河谷　反射出的光芒都在加热
在说出自己的安逸和宁静
如同另类的世外桃源
所有鸟鸣变得神秘
在凝视中隐去
涌动的水
几乎是前世的心灵与月光的低语

河谷坐在身边　我如在一个入口
看到了很远很多的地方
那里树荫下的更大安逸
正在一种意愿里
描述
永恒的自然成果和植物

三角梅开

在会理　三角梅的微笑
像一簇簇的集会　在街边田野
在每个巴掌大的空地
蓝色的紫光
涂满洗白的墙

繁盛的三角梅开　云雾
翻腾而起　如同无数小的翅膀
托起的低飞躯体
穿过空间归巢
飘落一地的叶子
跟着时聚时散的脚步行走

这座被三角梅照紫的城市
花瓣上的空气　飘过
天天习以为常的眼睛和视觉

一张透亮的脸
平静地融合数种语言的口音
呼应的风和性格

每一朵花

如同空气的肺叶

开辟了自己生命的空间

小湖上的暴雨

天上的乌云　悬挂在低空
小湖里的水像平底锅里的一层薄光
雪白的雷　泼下
几个小时的倾盆大雨
放射的光芒
照亮了雨声

号叫的风汹涌
摇曳的树满嘴都是湍急的水流
这个夜晚
雨声捉住雷电的光
散出云雾中一片生灵的影子

清晨的坡岸伸入深水
光点松弛地在水面上闪烁
带入的色彩和树影
鱼趴在山的轮廓线上　天然的愉悦
鹭鸟轻轻地剥喙水波
开始更好的早餐

大烛会

点燃柏树细枝

彝民手中的大鼓小锣　声音直立起来

盘旋的龙　复活一种骄傲

升起的荷灯

在有着鲜叶的竹竿上

碰到大烛的香烟

时空交错　诵经的声音涌来

目光从一个角度看去

佛僧低低的喉音

形成一朵绽开的莲花

感觉到的舌头

如同一片波动的莲叶

彝族寺庙　在缭绕的烟雾中

变成一座值得尊敬的房子

蜡烛上的火

闪耀出集体的光

几个世纪醒着的灵魂

这一天　烟雾弥漫着光芒

在山坡上眺望

山是有许多层翅膀的鸟
飞向远方　色泽越来越淡
最后一层山峦　变成云朵
同天空一起
逼近无穷

这些眼前的山
一刻不停地在雾中忽隐忽现
被感知的存在或遥远
光波摆动色彩
分开了
山野和饰满花卉的水域

我的目光　像跨栏一样起伏
每一条山脊线　蹭近兀鹫
在高高低低地弹跳
悬空的感觉
脚像踩在山坡的草尖上

大黑山

大黑山坡上的寨子
如同一块有着粗黑纹路的石头

黑色寂静的一个民族
坐在辽阔干燥的黑色山里
那些如同森林之神的彝民
用烧烤出来的炭
让我穿越
灼热的烟雾

树从山坡一直爬上山尖
在岩石缝里　延伸出一代又一代根脉
崎岖崖壁上的太阳
照亮头上三寸长的英雄发髻
一夜又一夜的星月
将加深的葱绿　久眠的山
变成树枝上
开满的花

大黑山撒满了石头

金属的血液　火的姿势　触及单纯世界
踢起的蹢脚舞　每个肉体
变化着骨头的形状和尊严

大黑山　一个民族在石头的内核之中
它需要我去进入躯体和大脑
呼吸透入肺腑的空气

伏牛山·犄角尖

犄角带着一头公牛
在山尖用机警的眼睛　看山脊
层层移动　拒绝缭绕的云雾
把草一样的雪丝
在牙齿间碾磨

蓝色的背景　四周是蓝色的空气
公牛绷紧脖子的肌肉　用背脊说话
嘎巴响的关节　仿佛
散发出了热烘烘的气味

犄角在闪光
漫过舌头的雪丝　又像毛发
从头上梳理下来
厚厚的嘴唇
叼着一支太阳的香烟

淡淡的烟雾飘过
形成了犄角一束温暖的射光

中　原

中原是完整而朦胧的表盘
是我过去穿越　落满灰尘的一缕视觉
时针在车窗的玻璃上
指向蒙蒙远方

这抓痕一样的感觉
被满眼绿色擦尽　身边的白河
充满阳光
草枝浓郁散发气味　柔软的空气
使植物宁静
南阳　如同一片香樟树叶
拂过我的额头

而河面上光点打出来的涟漪
变成扑闪扑闪的绸缎
如同一种微笑　都与
血脉有关

汉画像石

这些割成条形的石块
云纹和记事　祖先和远古的智慧
从泥土中醒来

过去的生活　几千年的人物
连带衣服　手持的器皿
以及朱雀鹄鸟
从汉阙的门里　踱着步
靠近了我的时间和空间

令人震惊的精致
每个表情或跳跃的兽鱼
都在跟我
谈论天气和经历的祈愿
说出日出的含义
仿佛那些太古的定居日子
就是一串层叠的足印

清晨站在江南古运河的窗边

晨光从雾中醒来
水弄堂里的白屋浮出水面
清亮的鸟鸣　如同穿过暗黑的水滴
在波纹上闪动
远处南禅寺的钟声
让我闻到
菩提树的花香

露珠如同洁净的冰粒
清名桥留下一个擦得很亮的拱影
使靠近的眼睛
跳出我的脸
嘴里默默的话　流出水脉
缓慢的节拍
响出丝竹的音乐

倒影在水上行走
低头沉思的脸
拂过从岁月的蜿蜒中上岸的风
无锡这个地方

视觉的景象都是梦境

而梁溪古运河

是所有手势的一种指向

晨光在雾中增强

我以归来的姿态迎接江南的日出

看到南长街

每一扇窗子都在打开

水中的白屋

如同微笑

露出的洁白牙齿

临水小楼

当短诗出现在水边小楼

推开长窗　晾衣绳上的衣裳和帽子

模仿隔世的远眺

粉墙上的黛瓦

滑进浏河

水波弄皱了我的掌纹

天空在小方格和瘦条格里移动

透入的光亮　在图案中变轻

留存下来的柔软小曲

把时间飘动　飘成一缕擦伤耳朵的羽毛

在融合

屋中的椅子　茶和宁静

小楼像一枚黑色的棋子

坐在古镇白色的线条上

一个对着窗口呼吸和沉默的人

随手捻出一根松针的滋味

百年古松

寂静被一只栖息的鸟惊醒

第四辑

网络盘旋

神威·太湖之光

波浪如同澎湃闪光的数值

太湖从景色的磁力和芳香中　转向

超级计算　速度

使如缎的电流

变成一种唤起的心情

静谧的日夜交替　渴望改变生存

芯片在大脑的回纹里

刷亮记忆的雪光

一秒钟12.5亿亿次的嘀嗒

环形的钟变了模样　跳动的浮点

如同敏捷短语　所有重要的事情

气候疑惑

海洋海浪起伏

航天航空的轨迹和觉醒

同一根草描述的旋风和

昆虫的呼吸连在一起

太多的吃惊　没有不安的麻木

躯体被静电淋湿

太湖的波光变成荧屏

感知在传输的深度中浮出影像

呈现的一切

事物闪耀　或者

生活和价值的变化

一瞬间

蓝色的微光穿过了世界的空间

大数据

数据集合　密度变得纤细
像浓郁的发丝　在眼前或头顶
盘成网络　让震颤的空气
万花筒似的幻变
使所有生命的周期
迅疾地突变

未来已来　一切开始的挑战和感受
逼视敬畏的眼睛　价值的定义
联通弹指之间的格局

谜团一样的明天
大数据延伸手指上的想象
如同光点在电脑的框架里闪动
从打开的边界
到不可预测的静默
汗湿的脸压出了闪亮的水滴
坠落下
一粒粒惊醒的声音

数据的暴风雨盖住天空和城市
清空了预言和经验　带动着
一刻不停吹拂的风
去遇见未来

物联网小镇

在吴越的古老土地上诞生

鸿山小镇筑起物联网的巢

看不到的流转波纹

形成秒针回旋

每一个分割都在互联

每一个互联都在意会

传送和网络　集成最简单的术语

数据被潮流引导　被

意识融合

缝隙中的资源和孤独

在一个发光的键盘上进入空气

如同公共大道

沟通毛细血管一样的小径

越过篱笆和壕沟的万物相连

市场如同一个云池出现

微笑曲线

把一个典型的江南集镇

变成世界的城市模块

鸿山的辽阔飘起云彩
一大片柔和的光或树叶过来
使日子和事物
在依存中轻盈上升

蛟龙号

深海世界　千奇百怪的生物
贝壳上密布绿色的绒毛
虾找不到眼睛
海胆像个扁平的吸盘　海参的刺尖
点亮
波动的粉紫色幽光

这远洋7062米的海底　狩猎者的手
像捕捉泥沙的透明小鱼
用潜入的光束
漂洗漆黑一片的潮汐

压力和遥控　重中之重的图像
国旗插在珊瑚礁上　深海空间站
在寂静中浮动

红色小艇变成红色标记
洋面响起一片波涛崩塌的声音

从湖滨起航的国器

横跨海峡　在寒冷的水下沟底
忍耐和沉默融解洪流
无言的渴望
只有一个最好词语
那是栖居的根脉

西哈努克港经济特区

当工业或经济特区

跟拍岸的浪花　弯曲的海滨相遇

柬埔寨的山仰起脸庞

泥径变成宽阔的洪森大道

一群羞怯的微笑

穿过田野

丝绸之路便在有墙的沙地上

提供了奇迹

蓝色的屋顶　覆盖那里的杂草

坡上的灯　从窗子的每一块玻璃中

透出工作的纯净和亮度

寂静中的人影

躯体和骨骼有了光的形状

夜色流淌　花花绿绿的工业广告

画面轻得可以飞翔

如同槟榔花

翅膀使西哈努克城市的时光

掠过荒凉

一种自然的剧变
中国灯笼和那里的空气
形成了礼貌的话语

通　道

我们在这里
在一条路的尽头种上棕榈
聆听海涛穿过海洋的声音

我们在这里
在一条路的沙漠上摆放桌子
面包沾着蜂蜜
打开葡萄籽的记忆

海风搅动一杯龙舌兰酒
彩色鸡尾使椰林的光线变得更蓝

梳开风沙　通往目的地的班列
比历史还长　蜿蜒的山脉和河流
丝绸换了一种新的叙述

我们以握手的方式　合二为一
像清晨的祝福　朋友
从扁平的街道对面过来

一缕内在的光　变成
沙麓和波涛松弛的每一块肌肉
大地远处
仅是脚尖触及的距离

通风更好的秋天时光一片响声
黄灿灿的树叶　背衬
一片蓝天

临近空间

高空的飞行器临近空间
如同蝙蝠　或像蜂群和蚁群
在手臂那么短的跑道上
加速　子弹一样
射向太空

穿透稀薄空气和雷达系统
不留一丝痕迹

而从极寒的高度俯视
地面上树枝投下的光斑
如同清晰的银币

音速在风里疾驰　太快地
掠过一束一束的星光
隐形眼睛　经过我们的身体和思想
使这个世界
只有一个内心祈祷的气候
——风和日丽
云比云更远